»Ich hab heute in der Früh ein ziemlich starkes Schmerzmittel genommen, absichtlich. Musste heute ja eine Sachertorte backen.«

Katharina Feist-Merhaut möchte am Beispiel ihrer Großma sterben üben. Sie beobachtet, fragt, notiert exzessiv die Großmuttersätze, bricht ab, um an anderer Stelle weiterzumachen. Die Großma stellt sich bereitwillig zur Verfügung. Sie teilt ihre Erfahrung, erzählt mit viel Schmäh von ihren verstorbenen Männern, den Saunadamen, den Schmerzen und den liebevoll umsorgten Blumen. Und sie fordert die Erzählerin heraus: *Was willst du verstehen über den Tod?*

Auf der Suche nach möglichen Antworten stellt sich die Enkelin der Vergangenheit, ihren bisherigen Erfahrungen mit dem Sterben, dem Doppelsuizid-versuch der anderen Großeltern. Währenddessen verschlechtert sich der gesundheitliche Zustand der Großma und ihre Bedürfnisse treten in den Vordergrund.

Katharina Feist-Merhaut hat sieben Jahre lang an *sterben üben* geschrieben. Das Ergebnis ist ein berührendes Debüt, das sich unerschrocken großen Fragen widmet: Wie lernen wir sterben? Welchen Einfluss haben unsere Erfahrungen und Prägungen? Wie können wir uns umeinander kümmern? Welche Rolle spielt die Familie dabei und gibt es Alternativen? *sterben üben* zeichnet sich aus durch seine Unmittelbarkeit, Nähe und Unverstelltheit. Eine Lektüre mit beeindruckend großer Wirkung.

Katharina Feist-Merhaut

STERBEN ÜBEN

Roman

Katharina Feist-Merhaut

STERBEN ÜBEN

Roman

OTTO MÜLLER VERLAG

für meine großen Mütter

Elf Antworten auf eine Frage

1. Ja.
2. Nein.
3. Ich habe viele Seiten geschrieben und hoffe schon, dass die andauernde Beschäftigung einen Unterschied macht.
4. Zumindest versuche ich es mir einzureden. Sonst müsste ich aufhören zu schreiben.
5. Ich glaube, es geht nicht ums Besserwerden.
6. Ich übe, um mich anzunähern.
7. Ich übe, um mit meiner Angst umzugehen.
8. Ich will vorbereitet sein.
9. Bedeutet das, weniger Angst zu haben?
10. Ja?
11. Dann ja.

Eine Freundin stellte mir die Frage: „Und, wirst du besser beim Sterben?“ Ich habe ihr mit Nummer vier geantwortet. Sie fragte weiter: „Und wie viele Sätze brauchst du noch? Ist ein Ende in Sicht?“

SAMMELN

„Ich notierte das alles als Gepäck
für das was kommen würde."

Hélène Cixous

spielst du Telepathie mit mir? Ich hab gerade gedacht, jetzt könntest du anrufen, und da hat es schon geläutet
Seit ich ihre Sätze sammle, rufe ich sie jeden Tag an.

ich kann fast nicht reden, krieg keine Luft
Die ersten Minuten am Telefon sind ein Warten. Ich höre Keuchen, den Rollator quietschen, meist ein
gleich

ich
komm
schon

wart wart wart
Ein lautes Ausatmen, sie ist beim Sessel angekommen. Ich spreche, während sie Luft sammelt. Mit einem Redeschwall übernimmt sie das Gespräch, als könne sie die Zeit aufholen.

weil ich ja immer recht nett frisiert bin und liebe Augen hab. Die glauben alle nicht, dass ich so Schmerzen hab, weil ich so blendend ausschau und so ein lustiges Wesen hab
Auch ich merke ihr die Schmerzen oft nicht an. Ich frage mich, ob das an ihrem Schmäh liegt.

und so langsam bin ich, wenn ich die Tabletten in der Früh nehm. Aber ich hab ja den ganzen Tag Zeit
Die Nacht verbringt sie damit, die Tablettenschachteln zu füllen. Gegen halb eins beginnt sie zu *geistern*. Verlässt das Bett in Richtung Toilette, geht in die Küche, räumt das Geschirr vom Vortag in die Spülmaschine, kocht sich einen Tee oder eine warme Milch, setzt sich dann an den Tisch im Wohnzimmer. Auf einem Zettel stehen Anweisungen, in welcher Zusammenstellung wann und wie viele Tabletten einzunehmen sind. Das Zerteilen für die halben Dosen

nimmt die meiste Zeit in Anspruch, die tauben Finger machen das Einlegen in den Tablettenschneider schwer, die halben Tabletten springen vom Tisch und *spielen Verstecken* auf dem Teppich.

die Einlagen kann ich doppelt nehmen, aber das andere ist die seelische Belastung
Davor sagt sie einen Satz, den ich fast nicht notiert hätte: *Die Inkontinenz ist schlechter geworden.*

Jeden Tag um fünfzehn Uhr erinnert mich das Handy: Großma anrufen. Ich setze mich an den Schreibtisch. Der kleine rote Spiralblock, in dem ich die Sätze sammle, liegt bereit auf einem Beistelltisch aus dunklem Holz, mit glänzender Oberfläche und geschwungenen Beinen. Er hat meiner anderen Großmutter gehört.

weißt, was ich für ein dumpfes Körpergefühl hab, der ganze Körper ist so brrr wääh bääääh
Ich habe die Schwierigkeit des Mitschreibens unterschätzt. Die Prozesse, die auf dem Weg vom Mund zum Ohr und vom Ohr zur Hand passieren. *waist was i fiar a dumpfes kiarpagfühl hob ähh där gonze kiarpa is so mhm br wäeeh beeeäh*
Das ist nicht mitschreiben. Das ist übersetzen.

ich kann mit dem Fuß kein Tempo machen, gar nichts. Und wenn es im Wasser nicht geht, kannst dir vorstellen
Bisher konnte sie ihren senkrecht im Wasser stehenden Körper mit kleinen Bewegungen der Beine langsam von einem Beckenrand zum anderen bewegen.

ich hab heute in der Früh ein ziemlich starkes Schmerzmittel genommen, absichtlich. Musste heute ja eine Sachertorte backen

Dieses nachgeschobene *absichtlich*. Kochen ist ihre Art sich zu kümmern. Sie besteht darauf, die Geburtstagstorte für Marcus, meinen Partner, zu backen.

wir sagen einschlafen, weil es friedlich klingt
Einschlafen ist ihr Wort für sterben. Mir ist es zu spezifisch. Es erzeugt die Vorstellung von einem gleitenden, sinkenden, einem sanften Aufhören.
Wie sehr mich ihre Vorstellung trotzdem prägt, merke ich während der Lektüre eines Essays übers Schlafen von Anne Carson. Ich lese „schlafen" und denke „sterben". Vor allem die problematischen Verhältnisse zum Schlafen lassen sich gut übertragen. Die Schwierigkeit loszulassen, zur Ruhe zu kommen, der quälende Übergang, das ewige Treiben zwischen Zuständen. Eine weitere Gemeinsamkeit ist das eigene Bett. Es gilt als idealer Ort. Zum Schlafen und Sterben.
Bei Carson lese ich auch von der salbenden Wirkung, die John Keats dem Schlaf zuschreibt. Er allein kann den Tod, der seit unserer Geburt an uns hängt, verhüllen.
Eine ähnliche Wirkung schreibe ich dem Wort „einschlafen" zu, wenn es als Synonym für „sterben" verwendet wird. Es hat eine salbende Wirkung, verschleiert.

heut hab ich ein liebes Erlebnis in der Sauna gehabt
Liebes Erlebnis zieht mich zu einem anderen Satz: *der Horsterle hat mich immer gestreichelt – das war supi*
Der Horsterle war ihr zweiter Mann.
Eine Studentin, die ungefähr in meinem Alter war, hat eine Stunde lang in der Sauna *tratsch-tratsch-tratsch* mit ihr gemacht. Sie erzählt mir, was ihr die Studentin erzählt hat und wie sie ihr nach dem Duschen beim Rückeneinschmieren geholfen hat.

ich hab die ganze Nacht fast nichts geschlafen. Das hängt mir jetzt nach. Ich hab trotzdem die Fenster geputzt, damit man raussieht
Dieser Satz enthält ein Muster, das bei ihr häufig vorkommt: Einer Zustandsbeschreibung stellt sie ein Trotzen entgegen. So funktioniert auch einer meiner Lieblingssätze: *ich bin ein saumüdes Objekt mit diesen Pulvern und saukalt ist mir. Jetzt hab ich mich ins Bett gelegt und schau fern und ess eine Mandarine. Ich finde es besser, man macht dann was zur Entspannung*

ich konnte nicht gehen, nicht sitzen, nicht liegen – ein 10er-Schmerz war das
Ich behandle die Wörter wie Werte eines Befundes und versuche eine Lesart zu finden, die mir Informationen über ihren Zustand geben kann.

auf die Spritzen hab ich heute Nacht geschwitzt wie eine Drecksau, nicht wie ein Schwein
Manche Sätze erzeugen so große Unruhe in mir, dass ich überzeugt bin, es handle sich um Vorboten ihres Sterbens.

hallo meine liebe süße kleine große dicke dünne Puppe, bei uns im Haus ist schon wieder jemand eingeschlafen
Ich stehe am Parkplatz vor dem Haus. Ein langer Bau, errichtet 1959 von der Stadt Wien. Ein Gemeindebau mit acht Stockwerken, drei Stiegen mit je vierundzwanzig Wohnungen und einem Keller mit Waschküche. Die Wohnungen am linken Ende des Gebäudes, dazu zählt ihre Wohnung, wurden nachträglich mit Balkonen ausgestattet. Hinter dem Gebäude ist eine kleine Grünfläche mit Sitzbänken, daran grenzt noch ein Gemeindebau, dann wieder eine kleine Grünfläche mit Sitzbänken, dann noch ein Bau.

Ich stehe vor der Eingangstüre zu ihrer Stiege. Letztes Jahr wurden die Namen auf den Klingelschildern gegen Nummern getauscht. Und obwohl ich in letzter Zeit häufig hier bin, habe ich immer noch Angst falsch zu klingeln. Während der Zeit, bis sie sich meldet, suche ich in meinem Handy nach der Notiz mit der richtigen Türnummer, überlege, ob sie eingeschlafen ist. Ich will sie gerade anrufen, da bellt es aus der Sprechanlage: *ich bin schon da, komm schon*
Sie sitzt auf ihrem Sessel in der rechten Ecke des Wohnzimmers. Neben ihr ein Sessel, auf dem ein Korb steht, in dem sie all ihre Papiere sammelt. Briefe, Rechnungen, Krankenbefunde, Medikamentenlisten, Sudokus und Rezepte, die sie aus Zeitungen herausgerissen hat. Auf dem Tisch vor ihr liegt alles, was sie in Griffweite braucht. Der Kalender, das Telefon, die Medikamentenkisten, eine Zeitung, zwei Sudoku-Blöcke, ein kleines Messer mit schwarzem Griff, eine Plastikflasche mit Mineralwasser, eine Bierflasche, ein Plastikeimer für den Müll. Heute liegt außerdem noch ein weißes Plastikbrett vor ihr. Darauf Knochen mit Fleischresten dran, einen davon kiffelt sie gerade genüsslich ab. Ich greife automatisch zum Handy. Frage, ob ich sie filmen darf. Sie nickt. Ich habe Angst, diesen Moment nicht ausreichend beobachten zu können, wichtige Details zu übersehen.

das ist jetzt etwas Wirkliches. Es ist wahr
Wann immer wir über das Sterben sprechen, erzählt sie von ihren Männern. Abhängig von ihrem Zustand, verändern sich die Formulierungen. Meist leitet sie mit einem Satz ein, der die Echtheit bezeugt. Spricht dann von ihrem ersten Mann, der mit zweiunddreißig Jahren an Nierenversagen gestorben ist. *da war die Taktik, ihn ins Badezimmer zu schieben, das war das Sterbezimmer, weil er so geschrien hat. Du hast gewusst, jetzt ist es aus. Da gab es keine Sterbebegleitung*

Beim Sprechen über ihren zweiten Mann gibt es ein Wort, das nie fehlt: ihr Wort für „sterben". *ein Zimmer auf der Sterbestation. Da hab ich mich auf die andere Seite gesetzt, hab seinen Kopf auf meine Brust gelegt und hab ihn gestreichelt und dann ist er eingeschlafen. Das war so ein lieber, friedlicher Abschied*

ich hatte so eine Schmerzattacke heute, dass ich nicht gewusst habe, ob ich ein Manderl oder Weiberl bin
Oft verwendet sie Redewendungen und Vergleiche, um ihren Zustand zu beschreiben: *es ist zum Aus-der-Haut-Fahren; als hätte der Blitz mich getroffen; wie eine Salzspritze direkt ins Knie; als würde jemand zudrücken – Quetschhals, Drückhals, Würghals*
Manchmal probiert sie es mit einer Skala. Ein *10er-Schmerz* bedeutet, nicht gehen, sitzen und liegen zu können. Einschränkungen werden zum Messinstrument.

momentan absolutes Sauna- und Schwimmverbot
Ein Satz, der mir Angst macht. Am Montag, Mittwoch, Freitag und Sonntag geht sie üblicherweise in die Sauna. In ihrem Kalender steht an jedem zweiten Tag in Großbuchstaben über den ganzen Vormittag „S A U N A". Die Besuche strukturieren ihre Woche.

du hast angerufen? Da war ich wahrscheinlich gerade Mist ausleeren
Ich versichere mich, dass sie noch lebt. In den letzten Tagen war das meine Hauptbeschäftigung.

das bricht einem das Herz, wenn man sieht, wie die Blumen
Nach meinen Besuchen beginnen Telefonate stets mit einer Zustandsbeschreibung der mitgebrachten Blumen.

Sie schickt mir ein Foto ihrer neuen Medikamentenliste und schreibt: „Was sagt Marcus dazu?“ Marcus ist Arzt. Ich rufe sie an und frage, warum sie ihn nicht direkt fragt. *ich will ihn nicht im Krankenhaus stören* „Er schaut doch eh nur aufs Handy, wenn er Zeit hat.“ *aber nicht, dass er sich verpflichtet fühlt* Ich lache und leite das Foto weiter. Marcus schreibt ihr direkt zurück. Großma ruft mich an: *ich habe gerade mit deinem Schatz geflirtet*

in der Früh tut erst mal die Kniescheibe weh, dann massiere ich sie, dann setze ich mich auf, dann tun die beiden Hüften weh, dann gehe ich mit dem Rollator und bring alles in Ordnung und dann, wie ich stehe, meldet sich die Körpermitte, die Wirbelsäule, und dann geht es wieder von vorne los, bald scheiß ich drauf
Die Schmerzen sind allgegenwärtig. Ihre Verzweiflung darüber bringt sie nur selten zur Sprache.

Vier kleine Spiralblöcke habe ich bereits mit ihrem Sprachmaterial gefüllt. Ich würde meine Auswahl gerne besser verstehen. Doch es ist ein automatisches Mitschreiben von Sätzen, die mich anziehen.

ich hab momentan ein Problem mit meinem Körpergestell
Ein neues Wort geistert durch ihre Sätze. Ich stelle mir den Körper wie einen Setzkasten vor, der mit allem Möglichen zugestellt ist. Doch sie ist schon beim nächsten Thema, erzählt mir von der Nachbarin im ersten Stock, die vor einigen Tagen überraschend in eine Pflegeeinrichtung gezogen ist. Ich stehe vom Schreibtisch auf, räume die Bücher zurück ins Bücherregal, stelle die leere Kaffeetasse in die Spülmaschine. Während sie über all die *lieben Erlebnisse* berichtet, die sie mit der Frau aus dem ersten Stock verbindet, beginne ich die Aubergine fürs Abendessen vorzubereiten, schneide sie

in dicke Scheiben, lege sie auf dem Holzbrett auf, salze sie großzügig, damit sie Wasser verliert. Sie fragt mich, was sie der Tochter der Nachbarin mitgeben soll. Ich schlage Blumen vor, doch sie hat schon eine andere Idee: *Kirschen, die liebt sie auch so wie ich* Während ich die Wäsche abnehme und zusammenlege, überlegen wir, ob es zu viel Belastung für die Tochter ist, wenn Großma ihr nur das Geld gibt und sie bittet, die Kirschen zu besorgen. Ich halte inne, lege die Wäsche beiseite. Ihre Stimme hat sich verändert. *innerhalb von zwei Wochen hat sie plötzlich vergessen, ist nicht mehr zur Ärztin, ihre Medikamente, hat sich Essen gekocht und in der Küche stehen gelassen, hat ihren Urenkel nicht erkannt – heute haben sie schon angefangen die Wohnung auszuräumen. Die Tochter hat ein Unternehmen beauftragt, die schmeißen alles weg, traurig ist das. Wenn du das nächste Mal kommst, müssen wir schauen, was du von meinen Sachen noch brauchen kannst* Schon öfter hatte sie den Wunsch auszumisten. Ein Versuch war, mir möglichst viel zu schenken.

Dinge, die ich nicht ablehnen konnte:
- Schreibmaterialien aus den Vorräten ihres zweiten Mannes
- ein schwarzes Kleid
- einen Salz- und Pfefferstreuer
- einen Teppich
- Semmelknödel aus dem Tiefkühlschrank (4 × 4)

es gibt heißen Apfelstrudel. Ich hab mir gedacht, wer mich heute besucht, bekommt ein Stück
An ihrem Geburtstag kommt einer der ältesten Tricks zum Einsatz: Anlocken mit Essen. Ich habe nicht viele Kindheitserinnerungen an sie, die nichts mit Essen zu tun haben. Als ich klein war, hatte meine Mutter kaum Kontakt mit ihrer Ma. Das lag bestimmt auch an Großmas zweitem

Mann, der seine Frau gerne für sich hatte. Ein Zustand, der auch die Kindheit meiner Mutter sehr geprägt hat. Ihr Vater starb, als sie ein Jahr alt war, und zwei Jahre später heiratete ihre Ma wieder.
Ich erinnere mich an den Geruch von dampfendem Apfelstrudel und eingelegten Rumrosinen. Die Anweisung, sich nur *ein* Vanillekipferl aus der Keksdose zu nehmen. Die Konsistenz der Fischsuppe, die sie in der Weihnachtszeit kochte. Ihren freudigen Gesichtsausdruck beim Abkiffeln der Knochen. Ihr geschminktes Gesicht, der Lidschatten war abgestimmt auf die Farbe der Kleidung. Ein Bild, und ich bin unsicher, ob es eine Erinnerung an ein Foto ist: Sie sitzt in der Hollywoodschaukel im Gartenhaus, trägt einen bunten Badeanzug, ihr Kopf ist in den Nacken geworfen, sie lacht mit weit geöffnetem Mund.
Mir fällt noch ein Bild ein, obwohl es eigentlich meine Mutter zeigt. Wattepads liegen unter ihren geschlossenen Augen, die Wimpern liegen darauf und sind angemalt. Wann immer Großma bei uns zu Besuch war, hat sie meiner Mutter die Wimpern gefärbt. Während meine Mutter die Augen für eine gefühlte Ewigkeit geschlossen halten musste, durfte ich mit dem Werkzeugkoffer spielen, mit dem Großma zu anderen Leuten ging, um ihnen die Haare zu schneiden. Nur die drei großen Scheren durfte ich nicht anfassen.
Bevor ich anfing diesen Text zu schreiben, bestand unsere Beziehung aus Einladungen zum Essen, die erst nach dem Tod ihres zweiten Mannes regelmäßig wurden. Sie hat gekocht, hat Schweineschmalz in mein fleischloses Essen geschummelt, weil sie Angst hatte, dass es mir als Vegetarierin an etwas mangelt.

zum Geburtstag haben mich sechsundzwanzig Leute angerufen und vier Blumensträuße habe ich bekommen. Nach Opas Beerdigung hatte ich vierzig Vasen voll Blumen zu Hause

Der Tote bekommt vierzig Vasen.
Die Lebende bekommt vier.

Ein Freund meines Vaters hat mir vor einigen Jahren ein Buch aus seiner Bibliothek geschenkt. Ein Ausstellungskatalog mit dem Titel „Erst wenn einer tot ist, ist er gut". Der Freund meines Vaters ist mittlerweile verstorben und ich habe seitdem öfter an ihn gedacht.
Beim Lesen verzeichne ich auf der ersten Seite eines Buches, wann ich angefangen habe es zu lesen. Eine kleine Notiz in der rechten oberen Ecke, die aus Monat und Jahreszahl besteht. Dieses Ritual habe ich von dem Freund meines Vaters übernommen. In dem geschenkten Buch steht mein Beginn unter seinem:

12/02
10/17

ich sitze noch im Fernsehsessel, gerade hab ich gesagt: Jetzt leg ich mich dann nieder. Aber der Körper hat noch nicht reagiert
18:43 Uhr: Ich war gerade dabei einen Salat zuzubereiten, beim Paprikaschneiden ist mir eingefallen, dass ich sie noch nicht angerufen habe. *und, was kochst du heute Schönes für Marcus?* Diese Frage hat sie in den letzten Wochen öfter gestellt. Wenn ich mit einer Speise geantwortet habe, hat sie mich beglückwünscht, einmal sogar mit *brav* kommentiert. Seitdem sage ich, egal ob es wirklich der Fall ist oder nicht, dass Marcus kocht. Ihre Antworten machten mich am Anfang sprachlos: *aber ist der nicht müde nach dem Krankenhaus? Der Arme bekommt nie was zu essen. Sag ihm, er kann zu Großma essen kommen* Nachdem ich sie zurechtgewiesen habe, ob sie sich eigentlich selbst gerade zuhören würde, dass ich nach meinen Tagen am Schreib-

tisch auch müde bin und dass das ein ziemlich altes Rollenbild ist, das sie da weiterleben lässt, haben sich ihre Fragen und Anmerkungen verändert: *was gibt es heute zum Essen bei euch? Ich weiß, bei euch ist das anders aufgeteilt. Hat Marcus heute schon etwas gekocht? Ich habe ein veganes Rezept in der Zeitung gesehen, für dich oder Marcus, das ist mir ganz egal*

hab heute mit einer Saunadame telefoniert, die fragen abwechselnd lieb nach mir
Wir sitzen uns am Tisch gegenüber. Ihr Handy läutet, eine Saunafreundin. Sie spricht laut, mit fröhlicher Stimme, erzählt, dass ich gerade da bin, beschreibt die mitgebrachten Blumen. Mit der freien Hand rückt sie Gegenstände auf dem Tisch zurecht. Schließt die Tablettenschachteln, blättert den Kalender auf die richtige Woche, streicht Falten aus dem Plastiktischschutz, schleckt ihren Finger ab, pickt zwei, drei Brösel auf, steckt sie in den Mund. Sie telefoniert einige Minuten, legt auf und erklärt mir, dass der Mann der Saunafreundin vor Kurzem eingeschlafen sei und sie sich jetzt jeden Tag um sie kümmere.

mir ging es doch so gut mit der Luft. Siehst, ich krieg schon wieder keine Luft. Wie als würde jemand auf dem Hals sitzen und zudrücken. Atmen – Atmen – Atmen
Die vorhandene Luft beeinflusst die Auswahl der Wörter, bestimmt, woher sie spricht. Die Einatmung wird in kleine Etappen, Atemschritte unterteilt. Die Ausatmung hält sie kurz, als hätte sie Angst, sie könnte zu viel Luft verlieren.

Ich stelle einige Ja-Nein-Fragen:
– Hast du schon gefrühstückt?
– Das Sudoku fertig?
– Hast du noch Kirschen?
– Soll ich dir morgen welche mitbringen?

Es gibt unterschiedlich tief gelegene Orte im Körper, an denen Laute entstehen. Ich frage mich, ob die Vergangenheit mehr Luft braucht. Die Erinnerung, die an einem Wort hängt, es schwerer macht?

Wenn ich viel am Text arbeite, vergesse ich sie anzurufen, vergesse, dass sie hier nicht anwesend ist.

wenn du schnell sprichst, verlier ich die Orientierung, ich kann dann die Wörter nicht zusammenbringen
Wir sprechen beide gerne schnell. Bei mir nehmen die Sätze ein Ende. Sie bricht ihre Sätze oft ab, bearbeitet sie im Sprechen, ändert die Richtung, springt weiter.

dass du gefährdet bist, wegen dem Selbstmord der Großeltern, dass du einen seelischen Schaden davongetragen hast
Und da sind sie plötzlich, die anderen Großeltern.

dass du gefährdet bist, wegen dem Selbstmord der Großeltern, dass du einen seelischen Schaden davongetragen hast
Was tun mit diesem Satz?

lieb, dass du angerufen hast
Die ständige Angst, etwas zu verpassen. Wenn ich länger nicht mitgeschrieben habe, laufen mir die Sätze nach, wollen nicht die Letzten sein.
Neuer letzter Satz: *ich könnt momentan nur schlafen, schlafen, schlafen, aber die Ärztin sagt, das ist normal*

ich bin aber kein Opa. Der Opa hätte das gut erklärt
Ich spüre die Anspannung im Kiefer, er knackst. Die Wohnung, in der sie seit über fünfzehn Jahren allein lebt, ist voll von Dingen, die ihr zweiter Mann wohl gut erklärt hätte. Über ihrem Platz beim Esstisch hängt ein eingerahmtes

Stück Landkarte, sie hat die Geschichte dazu vergessen. Ich erinnere mich, dass er die Geschichte bei jeder Gelegenheit erzählte, an die Geschichte erinnere ich mich jedoch auch nicht mehr. Ich antworte: „Ich bin hier, um dich zu hören.“

man kann die Wand nicht abhängen, dann sind die Erinnerungen weg
Die Wand befindet sich im Wohnzimmer, von ihrem Platz am Tisch schaut sie direkt darauf, sie ist behängt mit Mitgebrachtem von seinen Weltreisen. (Sechsundzwanzig Masken, drei Speere, ein Schild, ein Bumerang, zwei bemalte Fächer, vier Pfeifen, sechs Dolche, neun Schmuckstücke, davon acht Ketten und ein Gürtel, ein Beil, ein Holzknüppel, zwei umgedrehte Spiegel. Ein Seil mit drei angemalten Kugeln daran und eine Gebetsmühle.) Erinnerungen an Reisen, auf denen sie nicht dabei gewesen ist, weil sie sich um das Kind, das Zuhause gekümmert hat.

ich würd das gerne mündlich machen, ist das okay?
Es gibt Dinge, die sie am Telefon nicht sagen möchte. Für manche Sätze ist der Weg über die Leitungen zu unsicher, die Verbindung könnte abbrechen. Die Anwesenheit der Stimme ist zu wenig. Mit *mündlich* meint sie, sie will mir gegenübersitzen, mich direkt ansprechen und meine Reaktion sehen können.

das wirst du machen, weil ich bin in der letzten Szene
Meine Filter sind stark. Ich höre, was ich will. Ich überlege, wie viel Text ihre Szene wohl noch hat und in welchem Abschnitt ich bin.
Ohne Filter: Sie hat eine Opernverfilmung geschaut und ich sollte Kaffee kochen, weil sie die letzte Szene anschauen wollte. Ich frage mich, was ich hören will. Lese ich das Sterben in ihre Sätze?

ich bin urmüde, ich mach vom Bett aus, das ist angenehm mit der Körperwärme
Sie schickt mich mit folgenden Anweisungen ins Schlafzimmer: *das hängt rechts, zuerst die Unterlage, die ist bei der Balkontüre, der Rest ist im Kasten unten* Ich sehe die Unterlage, lege sie auf, streiche sie glatt, schaue mich nach einem Leintuch um, durchsuche die unteren Fächer des Einbauschranks, hinter der vierten Türe, direkt neben dem Nachtkästchen, das Bettzeug. Ich spanne das Leintuch. Über dem Hometrainer hängt das Handtuch mit dem Inselaufdruck, ich weiß, dass sie es als zusätzlichen Schutz unter sich legt.
so quer, aber du musst es auf den Seiten fest reinstecken, sonst verrutscht es
Sie steht auf den Rollator gestützt im Türrahmen, beobachtet mich. Ich lege das Handtuch auf die Matratze, überlege, wo ihr Körper ungefähr liegt, rutsche es etwas nach oben, streiche es glatt, stecke die Enden fest unter die Matratze. Ich beziehe eine Decke und zwei Pölster. Ich frage, ob ich das Polster auf der linken Bettseite auch beziehen soll. *da schläft doch niemand, der liegt da nur, damit es netter aussieht*

traurig, nicht wegen ihr, sondern weil man selber näher an die Stufe kommt
Heute ist mein Geburtstag. Eine Frau aus der Kleingartensiedlung, in der Großma seit dreißig Jahren einen Garten hat, ist gestorben. Sie war auf dem Begräbnis, berichtet mir ausführlich davon. Kurz vor dem Auflegen gratuliert sie mir.

ich hatte so einen hohen Blutdruck gestern, ich hab mich nicht aufgeregt, ein bisschen vielleicht – dieser Glaube, so ein Schwachsinn. Geh hinaus in die Natur, da hast du etwas Höheres. Aber diese Ausrede: Das war der liebe Gott, so ein Schwachsinn

Ich erinnere mich an einen Gedanken von Elias Canetti. Er beschreibt, wie viel Mut es braucht, sich dem Tod ohne den Trost einer Religion zu stellen.

vormittags kann ich weggehen, dann bin ich an die Wohnung gebunden, muss man zur Kenntnis nehmen, ich mach was ich kann, den Rest lass ich
Sie setzt Wasser an und muss jeden Nachmittag entwässern. Ihre Wohnung befindet sich im siebten Stock und hat fünfundsechzig Quadratmeter. Vom länglichen Vorzimmer führen Türen zur Toilette, in die Abstellkammer, die Küche und ins Wohnzimmer. Am Ende der schlauchförmigen Küche schließt sich das Badezimmer an. Durch das Wohnzimmer geht es links ins Kabinett und rechts ins Schlafzimmer.

schreib dir die teuren Produkte zusammen
Sie ist eine Meisterin im Sparen, vergleicht Lebensmittelpreise, kauft auf Vorrat, wenn es Aktionen gibt. Sie sammelt Rabattmarkerl für mich. Hört gespannt meine Auflistung von gekauften Lebensmitteln und freut sich über den gesparten Betrag. Seit einigen Wochen schwärmt sie mir von teuren Eiern vor, sie kosten fast doppelt so viel wie die, die sie normalerweise kauft. Sie hat sie nur wegen einer Aktion probiert und kauft seither nur noch diese. Ich freue mich, dass sie sich etwas gönnt.
Auf dem Handydisplay leuchtet eine neue WhatsApp-Nachricht von Großma auf. Ein Foto, das sie gestern von mir gemacht hat, während ich bei ihr war. Ich habe nichts davon mitbekommen. Ich sitze im Fernsehsessel, bin über mein Notizbuch, das auf meinen Oberschenkeln liegt, gebeugt. Meine etwas zu langen Stirnfransen hängen mir in die Augen, verdecken meine, womöglich in Falten gelegte, Stirn, die Augenbrauen. Ich trage einen schwarzen Overall, mein Körper

verschmilzt im Gegenlicht mit dem schwarzen Leder des Sessels. In meiner rechten Hand halte ich einen gelben Bleistift mit einem kleinen Radiergummi am Ende, ich bin gerade dabei etwas aufzuschreiben. Ich vergrößere das Bild, schaue mir mein Gesicht an, mein Mund ist zusammengezogen, der Kiefer angespannt.
Ich lese meine Notizen von gestern durch. Am Beginn ist meine Schrift klein, gleichmäßig und gut leserlich, umso länger die Mitschrift, umso größer und unleserlicher wird sie, am Ende passen nur noch fünf Wörter in eine Zeile:

ICH BIN EINE OIDE WABEN

Darunter, ganz klein geschrieben, eine Erklärung von Großma: *ein Ausdruck für eine alte Frau, kein ordinäres, sondern Dialekt, Wienerisch – ist auch ein Tier-Ding, wo die Biene drinnen ist*

Ich denke die Wabe und den weiblich gelesenen Körper gemeinsam: Zeichnet sich aus als stabilste Form, wird kollektiv hergestellt, funktioniert als Netzwerk, Ort für die Aufzucht, Nahrungsspeicherung und Versorgung.
Die *oide Waben* als Königin.
Der Text als Wabengebilde. Ich stückle an Vorhergehende an, sammle, speichere, benutze gemeinsame Wände, schwärme. Mich interessiert, ob Waben klebende Eigenschaften haben, aber finde stattdessen heraus, dass sie Vibration weitergeben und mit Telefonleitungen verglichen werden können.

ich bin nicht so wie ich bin. Das kann aber auch sein, weil ich nicht in die Sauna gehe

ich bin ~~nicht~~ so wie ich bin. ~~Das kann aber auch sein,~~ weil ich ~~nicht~~ in die Sauna gehe

ich tu heute entwässern und dann dauert es, bis ich da bin
Ein Auftauchen. Im Wasser vergisst sie die Zeit. Sie schwärmt oft vom Schwimmen im Meer und ihrer wasserfesten Uhr, die sie mit einem Piepsen nach zwanzig Minuten erinnerte, in Richtung Ufer umzukehren.

ich mach es mir lustig, ich brauch es lustig
Der zweite Teil hängt wie ein Gewicht, zieht den Satz in die Schwere. Wir sind im Eissalon verabredet. Ich bin eine Viertelstunde zu früh da und beobachte, wie sie, auf Krücken gestützt, die Straße herunterkommt. Ihr Gesicht ist angestrengt. Ich sehe ihr die fehlende Luft an, atme tief für sie mit. Sie hat eine schwarze, mit roten Blumen bedruckte Seidenhose und eine Bluse an. Ihre Augen sind dunkel geschminkt, ihre Haare glänzen silbrig, seit einigen Wochen benutzt sie ein neues Silbershampoo. Sie trägt Ohrstecker, die mit vielen kleinen rötlichen Steinen besetzt sind. An ihrer rechten Hand der dazu passende Ring. An der linken Hand trägt sie einen ihrer Lieblingsringe, er hat eine tropfenförmige Form und ist mit unterschiedlich großen Steinen in grün und blau besetzt. Ihr schweres Parfum erreicht den Tisch lange vor ihr.
Sie grinst die Kellnerin an, die ihre Bestellung kennt: „Eiskaffee mit Fiocco? Heute mal in Begleitung hier, schön." Sie verteidigt sich: *sie ist schon zum dritten Mal hier und meine Nachbarin war auch schon da*
Ihre Wimpern sind verklebt. An ihrem Kinn wächst ein langes schwarzes Haar. Der Mund, die Lippen sind ausgetrocknet. Zwischen den Zähnen sind die Lücken mit weißem Belag ausgefüllt. Sie löffelt das Schlagobers. *gestern konnte ich überhaupt nicht gehen. Ich hab das starke Medikament genommen, aber Luft krieg ich trotzdem keine. Der Körper ist verbraucht – das Einzige, was mich noch hält, ist der Schmäh*

Wie wichtig der Schmäh für sie ist, habe ich schon bei einem der ersten Sätze gespürt. Ich durchsuche meine Aufzeichnungen und finde noch einen Satz: *ich nehme halt alles ins Lustige, das ist viel wert*

Und zwei Notizen:
- Ihr *HA HA HA*, ein sehr lautes, gesprochenes Lachen.
- In der Familie sagen sie: „Toll, wie sie trotz Schmerzen so lebensfroh ist." Oft noch ein Beistellsatz, wie: „Ich wäre da schon depressiv."

Hélène Cixous stellt beim Beobachten ihrer Mutter die Fähigkeit „da zu sein" fest. Ihr gelingt es, die einfachen und lebendigen Dinge zu genießen: gutes Essen, einem Vogel nachsehen, der vorbeifliegt, sich an lustigen Momenten erfreuen, „voilà".

mit dem Herzen geht's mir nicht gut
Seit dem Telefonat heute Morgen bekommt sie schwer Luft, jetzt hat sie Schmerzen *ums Herz herum*. Ich bin dabei, all meine Termine abzusagen, da ruft sie an: *ich warte gerade auf die Rettung*

Dinge, die ich ihr ins Krankenhaus bringen soll:
- elektrische Zahnbürste, Zahnpasta, Ladekabel
- Duschbad und Körpercreme
- Handyladekabel
- zwei Sommernachthemden, ohne Flecken
- eine Packung Taschentücher
- Sommerbademantel
- Befunde, die am Esstisch liegen *(wichtig vor allem der Blutbefund)*
- Block und Kugelschreiber
- Saunaschuhe zum Duschen
- eine Packung Babyfeuchttücher

Ich eile durch die leere Wohnung, es ist das erste Mal, dass ich allein hier bin. Ich sehe ihr überstürztes Aufbrechen. Der Eimer neben dem Bett ist nicht geleert, die Bettdecke liegt am Boden, das Geschirr vom Abendessen steht in der Spüle. Während ich Ordnung mache, wird mir langsam bewusst, dass ich die Person bin, die ihr Sachen ins Krankenhaus bringt.

Dinge, die ich ungefragt mitbringe:
- Gesichtscreme
- noch ein Sommernachthemd, ohne Flecken
- Ersatzkugelschreiber
- Bleistift
- einen zweiten Block
- eine Brille
- Zettel mit Medikamentenzusammenstellung
- Medikamentenschachtel (befüllt)
- Haarbürste
- zwei Bund Rosen

Dinge, die ich leider nicht in der Wohnung gefunden habe:
- elektrische Zahnbürste, Zahnpasta
  (sie befinden sich in einem kleinen Becher hinter dem Duschvorhang, erklärt sie mir später)

Dinge, die ich vergessen habe, aber gerne mitnehmen wollte:
- das kleine scharfe Messer, um die Blumen anzuschneiden
  (es lag auf ihrem Platz am Esstisch bereit)

Ein Satz aus dem Krankenhaus: „Auskunft nur während der Auskunftszeit."

Ich kaufe die teuerste Handzahnbürste und Zahnpasta, die es im Krankenhaus-Supermarkt gibt. Die Zahnbürste hat eine Reisehülle.

Ich frage, ob sie Zähneputzen will.
bin müde, später vielleicht

ich bin noch immer am Ausräumen der Krankenhaustasche, aber langsam langsam langsam langsamer
Sie erklärt mir, dass sie für alles einen Platz hat und dass die Dinge gleich wieder dorthin zurückgelegt werden müssen, um Ordnung zu halten. Sie war drei Tage im Krankenhaus. Ihr Herz wurde untersucht, die Werte haben sich verschlechtert, sie hat zwei neue Medikamente bekommen, eines in Form eines Pflasters, das auf die Brust geklebt wird.

ich bin beim Fernsehen eingeschlafen und bei den Nachrichten aufgewacht
Sie spricht mit aufgeregter Stimme: *der Schock macht sofort Erinnerungen an den Krieg. Mein Papa war 800 Meter vor dem Bahnhof. Wir haben alles, was wir auftreiben konnten, in einen Koffer gepackt und sind zum Bahnhof. Auf dem Weg Bombenangriff, wir mussten in den Bunker. Ich habe meinen Papa nie mehr gesehen*
Nach einigen Momenten Stille sagt sie: *man kann es wegstecken, aber vergessen nie* Und dann: *und wie war dein Tag, Schatzilein?*

heute hab ich zum ersten Mal wieder ein Sudoku geschafft
Dieser Satz lässt mich an einen anderen denken: *solang ich mich in der Früh mit Rätsel und Sudoku teste und nicht merke, dass ich eingeschränkt bin, fahre ich mit dem Auto*

wenn ich lange nicht gesprochen hab und dann sprechen soll, dann ist nichts da, die Stimme ist weg
Ihre Sätze bringen mich zum Sprechen.

jetzt geh ich dann raus, ich muss jeden Tag ein paar Schritte tun, auch wenn es mir so schwerfällt
Gründe hinauszugehen:
- Einlagen runterbringen
- Kirschen
- Sonderangebote beim Hofer
- Sauna
- Eiskaffee
- *leischn gehen*
- in den Garten fahren (*ich weiß nicht, ob ich es dieses Jahr noch hinausschaffe*)

heute Nacht hab ich gekämpft, aber ich hab den Kampf gewonnen, ich lebe noch
Ich suche einen kleinen Notizzettel. Ich halte ihn behutsam, als wäre er zerbrechlich. Ein Rufzeichen steht vor den zwei darauf notierten Wörtern:
„! Dein Seidentuch"
Sie hat mir von den heilenden Fähigkeiten dieses Seidentuchs vorgeschwärmt. Ich wollte das nicht vergessen. Ihr das Seidentuch bringen, wenn sie es braucht.

die Rosen sind so schön, aber ich pfleg sie auch jeden Tag lieb und sprech mit ihnen
Sätze an eine Rose:
du, bleib ganz
ich nehm dir die Blätter ab
du gehst schön auf
du brauchst noch ein bisschen
nur nicht hudeln
lass dir Zeit

ich hab auch eine Lehrmeisterin gehabt, eine sehr liebe, alte Frau, die hab ich frisiert

Ich freue mich, dass sie sich selbst als meine Lehrmeisterin bezeichnet. Mir gefällt die Vorstellung der Lehre. Ich denke dabei an praktische Ausbildung, eine unmittelbare Art Wissen weiterzugeben. Doch immer öfter befällt mich die Angst, sie dabei auszunutzen. Wir verbringen viel Zeit zusammen, kommen uns näher, doch mein Interesse ist nicht uneigennützig. Mein Gefühl verstärkt sich, als ich Anne Carson lese. Sie bezeichnet diese Art des Dokumentierens einerseits als „Vergnügen", andererseits als „Gaunerei". Man plündere die Sätze seines Gegenübers, berufe sich dabei aber, gleichsam entschuldigend, auf einen objektiven Standpunkt. Ich gebe ihr recht, dass das aufregend und gefährlich zugleich ist.

dass immer wer bei ihm ist, damit er nicht alleine stirbt
Sie erzählt mir von der Wache eines Saunafreundes. Ihr gefällt die Idee, mir auch.

ich muss mich beschäftigen, muss geistig fit bleiben
Ich höre: Muss geistern, um fit zu bleiben.

hab ich dir schon gesagt, dass die Frau von Tür siebzehn verstorben – zum Glück, endlich. Am Ende hat sie jetzt noch mal drei Tage so gekämpft, die muss so einen schweren innerlichen Abschied – die hat in den letzten Tagen noch seitenweise ihrem Mann diktiert, wo er was findet und Sachen über die Kinder und Enkelkinder. Die konnte nicht loslassen. Ich hab schon gebetet, dass sie einschlafen kann
Der schwere innerliche Abschied interessiert mich. Sich bis zum Sterben verantwortlich fühlen, sich um alle anderen kümmern. Am Sterbebett diktieren, um das Leben der Hinterbliebenen einfacher zu machen.

Ich frage mich oft, warum meine andere Großmutter wiederbelebt werden konnte. Hat sie weniger Schlafmittel geschluckt als mein Großvater? Gab es etwas, das sie zurückhielt?

Blutdruck ok, Zucker geht auch, leider Saunaverbot
Wenn sie nicht in die Sauna gehen kann, versuche ich sie in der Zeit zu besuchen oder anzurufen.

Seit einigen Wochen sage ich beim Verabschieden: „Ich hab dich lieb.“ Meist lächelt sie. Heute am Telefon sagt sie: *ich wollte dir noch was sagen: ich hab dich lieb*

momentan geht's nicht mehr weiter
Ich bin alarmiert und rufe sie wenig später noch mal an.

gut, Gesundheit ok
Ich erkenne, wie unzuverlässig Sätze sind. Wie wenig sie über den Zustand, die Nähe zum Tod aussagen können.

In meiner Ausgabe von „Die Abschiede“ von Friederike Mayröcker finden sich auf der ersten Seite vier Einträge:
08/17
03/18
07/18
01/19
Vier Mal habe ich schon angefangen, dieses Buch zu lesen. Im Klappentext wird behauptet: „Ein Buch, das uns die Möglichkeit gibt, das Ende zu üben.“ Diese Beschreibung zieht mich an. Ich suche nach einer anderen Erfahrung mit dem Ende.
In „Die Abschiede“ gibt es nur einen Punkt, vereinfacht könnte man sagen, das Buch besteht aus nur einem Satz. Doch das wäre irreführend. Ein Satz scheint linear, einer klaren Struktur folgend. Impliziert, dass ich als Leserin vom Anfang über eine vorgegebene Reihenfolge zum Ende ge-

lange. Doch das Buch hat einen nicht berechenbaren, ineinanderfließenden, ausufernden Sprachfluss. Ich habe es bisher nur in Auszügen gelesen, konnte mich nie lange genug darauf einlassen. Ich nehme einen tiefen Atemzug und füge noch einen Versuch hinzu.

ÜBEN

„Jede Person mit einem Körper sollte schon zur Geburt ein Handbuch des Sterbens erhalten."

Anne Boyer

1

In den letzten Jahren habe ich viele Sätze aus Büchern abgeschrieben. Es ist eine beruhigende Tätigkeit. Ich sammle sie, in der Hoffnung etwas über das Sterben zu erfahren. Ich möchte Großma die Texte vorlesen und mit ihrem Wissen abgleichen.
Ich rufe sie an und erzähle ihr von meinem Vorhaben.
jaja, gerne
Bevor ich losfahre, teste ich die Sprachaufnahmefunktion auf meinem Handy und kontrolliere den verfügbaren Speicherplatz. In der S-Bahn holen mich die Zweifel ein, die Auswahl an Texten ist willkürlich, was, wenn sie damit gar nichts anfangen kann.
Beim Aussteigen kaufe ich einen Strauß kurzstielige Rosen. Ich gehe die stark befahrene Straße entlang, bei der Reinigung vorbei, wo ich letzte Woche ihre Lieblingsjacke mit dem Blutfleck abgegeben habe, einige Häuser weiter die Ordination ihrer Ärztin, daneben der kleine Laden, der die Orangenmarmelade verkauft, die sie momentan am liebsten frühstückt. Ich biege links in ihre Straße ein, eine ebenso stark befahrene Straße. Ich gehe am Eingang der Passage vorbei, darin befindet sich der Spar mit der Kassiererin, die ihr extra Rabattmarkerl schenkt, der Friseur, der Handyladen mit dem netten Verkäufer, der, so sagt sie, fast so verständlich erklären kann wie ich. Im Zentrum der Passage, in einer runden Halle, befindet sich ihr Stammlokal. Seit sie nicht mehr in die Sauna gehen kann, kommt sie jeden zweiten Tag, trinkt ein Bier und unterhält sich. Von der Passage gehe ich noch vier Minuten bis zu ihrem Haus. Sie fährt die Strecke mit dem Auto, hat es einmal mit dem Rollator versucht, weil sie wissen wollte, ob sie, wenn sie nicht mehr Auto fährt, noch hingehen kann.
viele, viele Pausen, aber in fünfunddreißig Minuten war ich dort
Ich habe den ganzen Weg mit meiner Mutter telefoniert, seit sie allein lebt, telefonieren auch wir fast täglich. Sie war

gerade schwimmen, sagt: „Das Wichtigste ist fit zu bleiben. Wenn Großma körperlich fitter wäre, könnten wir so viel mit ihr machen.“ Meine Mutter ist ungern in der Wohnung von Großma, dem Ort ihrer Kindheit, sie fühlt sich darin eingesperrt.

Ich klingle und antworte auf die Frage meiner Mutter, was bei ihrem nächsten Besuch zu erledigen sei: „Das Abholen der Einlagen.“ Kurz nachdem ich das Telefonat beendet habe, meldet sich Großma durch die Gegensprechanlage.

Die Tür ist angelehnt. Ich versuche zu hören, wo sie ist. *hast du deinen Schlüssel vergessen?*, tönt es aus dem Wohnzimmer. Ich bin es so gewohnt zu läuten, dass ich ihn selten benutze. Obwohl ich ihn seit einigen Monaten, seit sie sich ausgesperrt und mich aus der Wohnung der Nachbarin angerufen hat, immer bei mir habe.

Sie sitzt auf ihrem Platz im Wohnzimmer. Ich lege die Blumen auf den Tisch, umarme sie. Sie schmiegt ihren Kopf an mich, ich streichle über ihren Oberarm. Sie gibt das Gewicht ihres Kopfes an mich ab, ich weite das Streicheln auf den Rücken aus.

schön

Sie greift zu den Blumen, zeigt auf eine Vase im Regal und bittet mich, sie mit Wasser zu befüllen. *noch ein bisschen, die haben Durst* Das kleine, scharfe Messer liegt neben ihr bereit. Sie nimmt jede Blume einzeln in die Hand, entfernt schwache Blätter, schneidet die Stiele an, stellt sie vorsichtig in die Vase. *tu mich nicht auslachen, weil ich so Kasperl mach mit meinen Blumen. Aber die muss man pflegen und mit ihnen reden: was brauchst du?*

Wir sitzen uns am Esstisch gegenüber, die Papiere mit den Texten liegen vor mir bereit. Ich erkläre noch mal: „Ich würde dir gerne Textstellen vorlesen und deine Gedanken dazu hören.“ Sie nickt. Auf dem ersten Blatt ein Gedicht von Friederike Mayröcker.

an meine Mutter, 84

hinter meiner Stirn wenn ich dich anblicke
immer die gleiche bange Frage : wie lange noch?
ich halte die Stirn versteckt hinter Haaren :
du sollst mich nicht lesen
aber du denkst womöglich dasselbe im selben Augenblick
ich vermeide es auch Jahreszahlen zu nennen
vor dir
im nächsten Winter zum Beispiel im Sommer danach
weil ich weisz was du fürchtest :
(»dann bin ich vielleicht nicht mehr da–«)

Ich lese ihr die Zeilen langsam vor.
es klingt nicht schlecht, aber da fehlt rundherum sehr viel. Weißt was, jetzt muss ich mir was anziehen, weil diese Gedichte, schau her, ich krieg Gänsehaut
Ich hole die hellblaue Fleecejacke aus dem Schlafzimmer, helfe ihr zuerst in den rechten Ärmel. Ich sehe die Gänsehaut auf dem anderen Arm, was lässt sie an diesem Gedicht erschaudern? Die linke Hand findet erst nach mehreren Anläufen in den Ärmel. Ich ziehe die Jacke zurecht und frage vorsichtig, ob sie weitermachen möchte.
jaja, ich verkrafte das
„Du hast gesagt, da fehlt viel rundherum. Kannst du sagen, was?"
es ist schwer zu sagen. Es ist faktisch ein großes Fragezeichen. Und mit dem rückt das in weite Ferne

Ich habe diesen Text ausgesucht, weil auch ich schon Formulierungen verändert, abgeschwächt habe, wenn ich mit ihr spreche. „Wenn du vielleicht dann mal tot bist", zum Beispiel.

Das zweite Gedicht ist von Ernst Jandl und hängt seit einigen Jahren an der Wand über meinem Schreibtisch.

widmungsgedicht

der vater
ist tot
die mutter
ist tot
ich schreibe
daß der vater
tot ist
daß die mutter
tot ist
du
schreibst dann
daß ich
tot bin

Sie verschränkt die Arme vor der Brust, schaut mich direkt an: *das ist eine normale Reihenfolge*
Ich drehe den letzten Satz in Gedanken oft um und verstehe es als eine Art Anweisung: Ich schreibe dann, dass du tot bist. Aus ihrer Perspektive hat der Satz unsere Reihenfolge: Du schreibst dann, dass ich tot bin.
Danach ein Ausschnitt aus „Es könnte auch schön werden" von Martina Hefter.

so stell ich mir vor, wies ist, wenn man stirbt
ich denk oft, dass man das vorher ab und zu üben
könnte
die Sache mit dem Atmen
[...]
ich übe wie man stirbt
Pause

hier jetzt auch, seht ihr das
schaut genau hin
und
das ist durchaus eine gesellschaftlich relevante Frage
wie und wo man stirbt
[...]
es wird dezent geschehen in irgendeinem weißen Bett
in irgendeinem weißen Raum

Sie ruckelt auf ihrem Stuhl hin und her, spricht lauter: *glaubst du eigentlich, wenn du jetzt ältere Menschen siehst, dass die über so was nachdenken? Die haben nur Angst vor dem Tod, aber nehmen keine Analyse*

Ich bin so auf das Sterben, den Tod fixiert, dass ich tatsächlich glaube, jede*r denkt die ganze Zeit darüber nach. Ich habe die Vorstellung, dass die Sterblichkeit – wie ein Gegengewicht – Dinge ins Verhältnis setzt.
also, wenn das so leicht ginge. Das Üben. Dann würde man nur noch üben. Und warum gerade im Bett? Da könntest du dir auch was Schöneres vorstellen
Sie schüttelt den Kopf und schaut zur Decke.
Für mich kommen in dieser Textstelle drei wichtige Dinge zusammen. Einmal das Üben. Das ist es, was ich hier versuche.
Dann das Bett. Ich gehe davon aus, dass wir beide in einem Bett sterben werden. Und dann wird hier etwas angesprochen, das ich schon lange vermute. Dass Atmen und Sterben irgendwie zusammenhängen. Besser gesagt, atmen und sterben üben. Dass mit dem Atmen sterben geübt werden kann.
Sie räuspert sich.
wenn das so leicht ginge, einfach weiterschlafen
An einer anderen Stelle schreibt Martina Hefter, dass wir uns einen Mythos um den Tod bauen, weil wir die Tatsache

unserer Sterblichkeit sonst nicht aushalten würden. Ich frage mich, ob meine Vorstellung vom Sterben im Bett mein Mythos ist. Eine Vorstellung von etwas Kontrolliertem, das dem Sterben seine Unberechenbarkeit nimmt.

Ich lese ihr noch fünf Zeilen aus „Es könnte auch schön werden“ vor. Hefter versucht sich dem Sterben über den Ton, der dabei passiert, zu nähern. Sie beschreibt in kurzen, rhythmisch aufeinanderfolgenden Wörtern einen sich „verästelnden Ton“. Ich habe Spaß beim Vorlesen, die Wörter klatschen aneinander und genauso „klatschend“ stellt sich Hefter den Ton vor.

Sie legt die Hände auf dem Tisch ab, schaut mir direkt in die Augen. *ja, für eine Schriftstellerin ist das wahrscheinlich gut, aber für eine Normalsterbliche nicht. Weil, der kriegt das nicht mit, der kann die Analyse nicht machen. Für einen Normalen, der damit nichts zu tun hat. Weil, ich kann ja nicht sagen: So, jetzt sterbe ich. Weil, das kannst ja selber nicht feststellen, das können die rundherum feststellen*

Ich frage: „Ab wann würdest du jemanden als Sterbende bezeichnen?“

die Anzeichen sind dann ein ganz dicker, gelber Belag auf der Zunge. Und wenn ich die Befunde lese und die ganzen Werte verarbeiten kann, dann kann ich sagen: Jetzt kommt er in die Phase, das arbeitet nicht mehr richtig und das, und dann war's ja auch so weit

Ich fixiere ihren Mund. Er ist die ganze Zeit in Bewegung. Ich will zwischen die Wörter schauen, noch ist nichts Gelbes zu sehen.

Seit drei Jahren denke ich sie als Sterbende. Habe ich ihr die Rolle der Sterbenden zu früh umgehängt?

Aus dem „wehbuch“ von Dagmara Kraus lasse ich sie selbst lesen. Sie setzt immer wieder neu an. *auuu pa* Ich beobachte ihren Mund, wie er sich verzieht. Sie schüttelt den Kopf:

‚schluchz' kann man lesen und ‚heul' und ‚oioioioioi'. Das sind nicht meine Laute, die ich ausstoßen würde
„Welche Laute würdest du verwenden?"
auweh, jögasna, na pfiati Gott, meine Güte. Das sind alles Wörter, die man spontan sagt, wenn einen was belastet, dann macht man so Seufzer, die einem den Druck wegnehmen, das macht man im Unterbewusstsein
Beim Transkribieren fällt mir auf, wie ungenau meine Frage war, ich habe nicht explizit nach Klagelauten gefragt. Und erst jetzt erkenne ich den letzten Laut auf der Seite ‚heia' und wieder bin ich beim ‚Heia machen', schlafen gehen.

Ich blättere zum nächsten mitgebrachten Text, überfliege einen Absatz aus dem „Tagebuch der Trauer" von Roland Barthes. Er beschreibt darin den Ort in seiner Wohnung, wo das Krankenbett seiner Mutter stand, in dem sie gestorben ist. Er sucht ihre Nähe und will seit ihrem Tod nicht mehr verreisen, damit die Blumen, die er am Ort ihres Sterbens aufstellt, in seiner Abwesenheit nicht verblühen.
Ich verspüre einen Widerstand, ich will ihr diesen Absatz nicht vorlesen. Bei der Textauswahl hat mir das Bild der niemals welkenden Blumen gefallen. Ich frage mich, ob ich das Zitat überspringe, weil ich nicht versprechen kann, dass ich ihr auch nach ihrem Tod noch Blumen bringen werde. Ich lese stattdessen eine Stelle aus „Das Buch gegen den Tod" von Elias Canetti vor. Darin wird eine Person beschrieben, die Angst vor Blumen hat, weil sie verblühen. Sie schüttelt den Kopf. *ich fürcht mich ja nicht vor Blumen. Du verblühst ja quasi auch, zuerst hat man eine Phase, da blüht man auf und wird zur Frau und dann wird man welk, wenn du alt wirst und stirbst. Der Vergleich ist an und für sich schön*
Schon öfter hatte ich den Vergleich von „altern" und „welken" im Kopf, wenn ich ihr beim Versorgen von Blumen zugeschaut habe. Es fällt ihr schwer die Verwelkten loszulassen.

Einen weiteren Absatz von Canetti möchte sie selbst noch einmal lesen. Den Gedanken, dass die Beziehung zum Tod mitunter deshalb so „lästig“ ist, weil der eigene Tod immer mitschwingt, fasst sie so zusammen: *du meinst faktisch, wenn man über den Tod der anderen spricht, dass man im Hinterkopf den eigenen Tod meint. Ja, das stimmt irgendwie. Man spricht zwar über den, aber man meint schon sich selber. Ich find das sehr. Ja, ich sag dir, das ist wirklich so*
Die nächste Textstelle ist aus „Der Namenlose“ von Samuel Beckett.

> so wird es nämlich enden, mit herzzerreißenden Schreien, mit unartikuliertem Gemurmel, das nach und nach zu erfinden, zu improvisieren ist, unter Stöhnen, ich werde lachen, so wird es nämlich enden, mit Glucksern, gluck, gluck, au, ha, pah, ich werde mich üben, hm, huh, ploff, pss, nichts als Emotion, peng, paff, die Schläge, krack, zack, was noch, aah, ooh, [...] es ist das Ende, das Ende der Rechnung, es ist das Schweigen

Bei den Glucksern beginnt sie zu lachen. Sie öffnet den Mund dabei so, dass ich weder die Zunge noch die Zähne sehen kann, nur eine dunkle Höhle. Das Lachen geht über in ein Kopfschütteln. *der war nie bei einem Letzten dabei – bei einem Sterben, was der geschrieben hat*
Ich antworte, wie automatisch: „Ich wäre gerne mal dabei.“
ja, das wäre gut, zum Erfahrungen sammeln

Ich habe nur noch einen Zettel vor mir liegen, noch einen Absatz aus dem „Tagebuch der Trauer“ von Roland Barthes. Er schreibt, dass er seit dem Tod seiner Mutter ständig daran denken muss, dass alle Menschen sterben und wie viele Menschen sich dessen nicht bewusst sind. Diese Textstelle lese ich ihr vor, sie hört zu, reißt dabei die Augen auf, reagiert schnell: *ja, du siehst es, aber die, sie wollen es nicht sehen. Wenn man nicht damit konfrontiert wird, von alleine kommst du nicht auf solche Gedanken. Weil du verdrängst es ja, du willst ja keinen Tod. Was willst du verstehen über den Tod? Dass du nimmermehr bist? Das ist das einfachste Wort: Dann bist nimmermehr*

Ihre Frage überrascht mich und ich antworte: „Ich glaube, mich interessiert der Verlauf."

Sie verzieht das Gesicht: *der Verlauf vorher? Aber unter Umständen kannst du das gar nicht beurteilen, weil du weißt ja nicht, wann du stirbst*

Ich antworte noch kryptischer: „Ich probiere, eine Vorstellung davon zu bekommen."

was stellst dir dann vor bitte?

Ich versuche verständlicher zu werden: „Oder eine Art Üben."

was willst üben? Glaubst du – nana, ja, ich seh das von meiner Warte. Du beschäftigst dich damit, das ist ja wieder was anderes. Aber normalerweise beschäftige ich mich ja nicht damit

Was ist ihre Warte? Sie ist näher dran als ich. Doch das sage ich nicht, sondern: „Aber jedes Leben läuft darauf hinaus, warum willst du dich dann nicht damit beschäftigen?"

Sie rutscht auf ihrem Stuhl nach vorne, als würde sie aufstehen wollen: *ja, weil ich dann tot bin*

„Aber, es ist ja das Ziel."

das Ziel ist es nicht, das Ziel ist das Leben

„Ich meine, im Sinne von: darauf läuft es hinaus."

ja, wenn du dir bewusst bist, dass du sterben musst

Ich hake nicht weiter nach. Ihre Gegenfragen haben mich verunsichert.

Seit zwei Stunden sitze ich und transkribiere unser Gespräch. Ich brauche eine Pause, ich schaue auf mein Handy, neun Uhr, ich öffne WhatsApp, Großma war um 08:14 online. Es ist ein tägliches Ritual geworden, ich schaue, ob sie online war, um zu wissen, dass sie aufgewacht ist.

Ich setze mich auf den Holzboden der Terrasse, richte mein Gesicht in die Sonne, schließe die Augen, suche meinen Atem. Ich versuche ihn zu beobachten, ohne ihn tiefer werden – ohne ihn zu verändern. Es gelingt mir nicht.

Sie nennt ihren Mund:
Goschn
Go
Go Go
Pappalatur
Quatschn
Ich muss immer wieder an den einen Satz denken: *die Anzeichen sind dann ein ganz dicker, gelber Belag auf der Zunge*
Ist das der wichtigste Satz, den ich bisher gesammelt habe? Es ist eine konkrete Angabe, ein Parameter, der sich beobachten lässt.

Ich lese mir unser Gespräch noch einmal durch. Bei manchen Texten konnten wir einhaken, doch es ist auch passiert, wovor ich Angst hatte: Ihr Vorwurf, dass der Text zwar gut klinge, aber wenig mit der Realität zu tun habe. Das bringt mich auf die Idee, sie zu fragen, ob sie schreiben möchte.

2

Mir ist schwindlig beim Ankommen. Großma besteht darauf, dass ich mich auf die Couch lege. *leg die Beine hoch* Ich bin noch nie hier gelegen, zumindest kann ich mich nicht erinnern. Der Lederbezug ist kalt, die Kissen ungemütlich. Sie fragt, wie stark ich blute, ob mir oft schwindlig ist. Bevor ich antworten kann, beantwortet sie ihre Fragen selbst, schildert mir, dass ihre Blutung an den ersten zwei Tagen so stark war, dass die Schmerzen kaum auszuhalten waren. *ich hab ja keine Perlmutter mehr* Ich brauche einen Moment, bis ich das Wort „Perlmutter" mit der Entfernung ihrer Gebärmutter zusammenbringe.
Sie deutet auf ein kleines Kristallgefäß auf dem Glastisch, der zwischen der Couch und dem Fernsehsessel steht. Ich setze mich auf, hebe den Deckel an, es ist gefüllt mit kleinen Schokokeksen. *das hilft gegen den Schwindel* Ich lasse mich zurück auf das etwas zu hohe, zu feste Kissen gleiten. Ich schaue mich im Raum um, bemerke, dass es kaum einen Fleck gibt, der nicht zugestellt ist. Überall befinden sich kleine Gegenstände, einige stehen auf weißen, gehäkelten Deckchen. Kristallschüsseln und Vasen, Uhren, Kerzen mit mehreren Dochten, die noch nie angezündet wurden, Bilderrahmen, eine Delfinstatue. Sie kommt aus dem Schlafzimmer zurück, schiebt den Rollator nah zum Couchtisch heran, sagt: *leg dir das um* Im Korb liegt ihr Seidentuch.

Während ich mich ausruhe, kümmert sie sich um die mitgebrachten Blumen. Nimmt die alten Blumen aus der Vase, schneidet die neuen an und stellt sie ins Wasser. *lass den Kopf nicht hängen* Ich binde das Seidentuch fest, setze mich zu ihr an den Tisch und gebe ihr einen Satz: ‚Da liegt eine Frau und stirbt.'
Vor einigen Monaten habe ich ausgehend von diesem Satz versucht, ein Sterben zu imaginieren. Doch ich bin nicht

über die Beschreibung eines im Bett liegenden Körpers hinausgekommen. In vielen Formulierungsvarianten habe ich das immer gleiche Standbild beschrieben.
Sie schreibt den Satz auf, statt eines Punktes setzt sie ein Rufzeichen dahinter. Sie blickt kurz hoch, sagt: *das ist Tatsache jetzt, was ich da schreibe*
Sie ist konzentriert, setzt den Stift nur selten ab, in ihren Augen sammelt sich Wasser. Ihre Lippen sind fest aufeinandergepresst, die Unterlippe verschwindet unter der oberen.
so, genug
Sie gibt mir den Zettel, will nicht vorlesen.
lies du
Ich lese von einem „letzten Schluchzer, einem Aufbäumen, einem starr zur Decke gerichteten Blick". Dann eine „Pause, noch mal ein paar Pulsschläge" und dann steht da „jetzt ist es vorbei, endgültig". In der nächsten Zeile eine „Rückblende kurz vor dem Einschlafen" und drei Wörter: „Marter", „Qual", „Ruhe". Danach schreibt sie über die Reaktion: „Die Erlösung des Leidens", „die Trauer" und „das Mitgefühl". Sie fragt sich: „Was für ein Begräbnis und wer alles erledigt", auch: „Wer weiß die Adressen". In der nächsten Zeile ihre Antwort: „Alles schon vorher erledigt, um dem Bla Bla aus dem Wege zu gehen." Ich frage mich, ob sie alles erledigt hat, und lese ihr Ende: „So, genug vom Sterben, momentan lebe ich noch."
und? Hilft dir das?
Ich frage, ob sie noch mehr Details beschreiben kann.
mach dir Notizen: eine Stütze, dass man sich aufziehen kann, weil sie nicht mehr alleine fähig war, sich selbst aufzuheben. Dann ein chemisches Klo drinnen, weil sie nicht mehr rausgehen konnte
Großma ist in der Vergangenheit, greift auf Erfahrungen zurück – beschreibt sie das Sterbezimmer ihrer Mutter?

dann die Betreuungspersonen, die kommen und sie unter Umständen waschen, pflegen, wie sie noch immer gepflegt werden wollte, die Haare gemacht, dass sie sauber ausschaut, und wie sie gesagt hat: Jetzt ist es bald so weit, jetzt werd ich bald einschlafen

Ich frage, ob ich ihr Schlafzimmer als Vorlage nehmen kann. Sie sagt: *geh rein, mach Fotos*

Ich will sehen, was sie beim Einschlafen sieht. Ich lege mich in ihr Bett. Der Geruch, meine Kleidung wird ihn annehmen. Ich schaue an meinem Körper entlang in Richtung Schlafzimmertüre, die ich beim Hereinkommen bis auf einen kleinen Spalt geschlossen habe. Ich fotografiere den Blick aus dem Bett. An der Tür hängen, an kleinen Haken, ein hellblaues Nachthemd und ein etwas dunklerer, blauer Morgenmantel. Rechts neben der Tür steht eine hüfthohe Kommode, darauf befindet sich eine rote Blumenvase mit weißen, gehäkelten Stoffblumen. Um die Vase herum liegen unordentlich verteilt Einlagen, Cremen, Medikamente und Handtücher. Über der Kommode hängen vier, in dunklem Holz gerahmte Familienfotos. Ich drehe den Kopf langsam nach oben, die Kommode verschwindet aus meinem Blickfeld, dann die Familienfotos, die Haken, der Türrahmen. Für einen Moment sehe ich nur weiße Decke. Langsam schiebt sich ein goldener Kronleuchter ins Bild. Er hat sechs geschwungene Arme mit je einer Glühbirne am Ende. Ich liege, den Kopf auf dem Polster, den Blick zur Decke gerichtet und starre den Kronleuchter an.

Ein paar Tage nachdem ich die Fotos gemacht habe, sagt sie am Telefon: *ich kann nicht auf dem Rücken liegen, da bekomme ich keine Luft*

Ich lag beim Fotografieren auf dem Rücken. Ich frage, was sie vor dem Einschlafen sieht und ob sie mir Fotos davon schicken möchte.

Am Abend schickt sie mir zwei Fotos über WhatsApp. Das erste zeigt den Blick aus dem Schlafzimmer hinein ins Wohnzimmer. In der unteren Bildhälfte sind ein Stück Bett, ihr Fuß und der neben dem Bett geparkte Rollator zu sehen. Auf der Ablagefläche des Rollators liegt eine Mandarine. In der Bildmitte ist der Türrahmen und die geöffnete Türe zu sehen. Im Hintergrund leuchtet der Fernseher vor der Wand, die mit Masken, Dolchen und anderem Gesammelten behängt ist.
Das zweite Foto ist dunkel, nur ein kleiner beleuchteter Fleck verrät mir, dass es sich um den zugezogenen Vorhang der Balkontüre handelt. Davor lässt sich die leere Betthälfte erahnen. Sie muss für diesen Blick auf ihrer rechten Körperseite liegen. Die Aufnahme ist schief und trifft die Perspektive von einem auf dem Polster abgelegten Kopf überraschend gut.

Heute ist der Geburtstag meiner anderen Großmutter. Seit einigen Jahren gehe ich an diesem Tag immer mit Trzesniewski-Brötchen an ihr Grab, meist begleitet von meinem Vater. Sie hat diese Brötchen zu allen Einladungen mitgebracht, weil sie Angst hatte, es könnte dort zu wenig zu essen geben. Die Brötchen sind in flachen, weißen Schachteln verpackt und aus fester Schnur ist ein Tragegriff daran gebunden. Während ich mit der kleinen Schachtel über den Friedhof spaziere, sehe ich sie vor mir, in ihrem blauen Trenchcoat, mit der pompösen Hochsteckfrisur und mit zwei großen Schachteln in den Händen.
Mein Vater zieht eine kleine Flasche Sekt aus seiner Manteltasche. Gießt einen Schluck aufs Grab, „auf dich", nickt dem Grabstein zu, bietet mir den zweiten Schluck an, ich schüttle den Kopf. Während er trinkt, packe ich die Brötchen aus. Bei den jährlichen Friedhofsbesuchen spricht mein Vater über Dinge, die ihm sonst schwer zu entlocken sind. Der Suizid seines Vaters hat ihn nicht überrascht. Seiner Mutter hätte er ein anderes Ende gewünscht, eines mit weniger Leid. Dieses Jahr verkündete er: „Ich will unbedingt verbrannt werden, auf keinen Fall will ich in einem Sarg liegen." Er leidet, wie ich, an Platzangst.

3

was willst du verstehen über den Tod?
„Ich glaube, mich interessiert der Verlauf."

Ich verwende die Wörter „sterben" und „altern" wie Synonyme. Ich schaue mir die Wortherkunft an, „sterben" bedeutet aufhören zu leben und „altern" beschreibt den Verlauf, die Veränderung im Laufe der Zeit. Auf den Gedanken, dass es sich beim Altern und dem damit einhergehenden Loslassen von Fähigkeiten um die natürliche Sterbevorbereitung handelt, stoße ich bei der Lektüre von Montaignes „Essais". Er führt aus, dass der körperliche Abbau nur zu ertragen ist, wenn er langsam stattfindet, „allmählich, stufenweise".

Ich rufe Großma an und frage, ob ich morgen Früh vorbeikommen darf. Ich erkläre kurz, dass ich gerne ihre Routine beobachten und aufschreiben würde.
natürlich, Schatzilein
„Wir würden dabei aber nicht reden, ich möchte, dass du alles so machst, als wäre ich gar nicht da."
das können wir versuchen

Ich stehe in der Wohnungstür. Sie steht am Ende des Vorzimmers, gebeugt über den Rollator, mit dem Rücken zu mir. Ihre Beine wirken schwer, sind gefüllt mit Wasser. Mein Blick gleitet die Ödeme entlang, springt von einer Delle zu einer aufgeplatzten Ader, von einem Riss zu einem blauen Fleck. Ihre trockenen, in die Hausschuhe gequetschten Füße. Ein Träger des Unterhemds ist von der Schulter gerutscht.
Ich folge ihr ins Wohnzimmer. Sie setzt sich an den Tisch, ich setze mich in den Fernsehsessel. Auf der Ablagefläche des Rollators liegt eine Packung Käseaufschnitt. Vor ihr ein

Schneidebrett mit Wurststücken, links davon ein Eischneider mit Resten von einem Ei. Rechts ein Tablett mit kleinen Brotstücken mit Wurst, Käse und Ei belegt. Daneben eine Tasse mit Kaffee. Mit einem Löffel nimmt sie die restlichen Eistücke, streut sie über die Brote. Sie nimmt eine Tube, drückt, schmiert mit der Messerspitze Sardellenpaste auf zwei der Brötchen. Sie schleckt das Messer ab, stellt das Schneidebrett mit den übrig gebliebenen Wurststücken, den Eischneider und die Sardellenpaste auf die Ablagefläche des Rollators. Mit dem Finger pickt sie Brösel von der Tischschutzfolie. Sie faltet eine Zeitungsseite mit einem Kreuzworträtsel auseinander, streicht sie glatt, nimmt einen Kugelschreiber in die Hand. Mit der anderen Hand nimmt sie ein Brot, steckt es in den Mund, schreibt ein Wort senkrecht, kaut ein wenig, schreibt noch ein Wort, kaut, nimmt ein Brot, steckt es in den Mund, schreibt ein Wort. Sie nimmt einen Schluck Kaffee, dreht ein Brot so, dass es sich besser aufheben lässt, steckt es in den Mund. Sie schleckt ihren Finger ab und pickt ein paar Brösel auf. Im Schlafzimmer beginnt der Tiefkühlschrank zu surren. Ein Brot liegt noch auf dem Tablett. Sie nimmt es, es verschwindet in ihrem Mund, sie kaut langsam, nimmt die Zeitungsseite, knüllt sie zusammen und wirft sie in den Korb des Rollators. Sie atmet tief ein und schiebt den Stuhl zurück. Sie legt die Brille ab, zieht ein Bein nach dem anderen unter dem Tisch hervor, stützt sich mit der linken Hand darauf ab und zieht mit der rechten den Rollator heran. Sie zieht sich hoch, stöhnt, verlagert ihr Gewicht vom linken auf das rechte Bein, hält inne, ihr Gesicht verzieht sich. Sie atmet tief aus. Vorsichtig macht sie einen Schritt, macht eine Pause. Zieht das andere Bein nach, greift mit der zweiten Hand zum Rollator, beugt sich nach vorne, gibt das Gewicht ab. Der Rollator ist von einer Teppichwelle blockiert, sie lehnt ihren Körper nach hinten, dann nach vorne, die Räder ruckeln über die Welle. Die Erschütterung bringt ihren Körper zum Zittern, ihre Augen ziehen sich schmerzhaft zusammen. Sie stöhnt, schiebt, zieht, schnauft sich ins Schlafzimmer. Ich höre sie nach Luft schnappen. Nach einiger Zeit kommt sie wieder heraus, hat eine Hose und eine Bluse angezogen. Auf der Ablagefläche des Rollators steht neben den Frühstücksutensilien ein Tiegel Creme. Sie schiebt den Rollator an mir vorbei aus dem Wohnzimmer, durch das Vorzimmer, geht auf die Toilette. Ich stehe auf, schaue mir den Tisch aus der Nähe an, mein Blick fällt auf den Kalender. In der Spalte vom Montag steht „Gerti anrufen", Dienstag „Einlagen!", in der heutigen Spalte steht mein Name, ich zeichne eine kleine Blume dazu, in der Spalte vom Freitag steht „ORF2 Madame Butterfly".

Sätze, die sie während des Nicht-Sprechens gesagt hat:
- *darf ich dich noch ansprechen, Frau Schreiberin? Danke für die Blumen*
- *mhm, Sardellenpaste, leider nicht vegan. Ätsch bätsch*
- *der Tiefkühlschrank, du kannst die Tür zumachen, wenn es zu laut ist*
- *du kannst aber schnell schreiben*
- *die Nachbarin unten sammelt die Kreuzworträtsel für mich, die hat eine andere Zeitung*
- *bleib sitzen, ich muss das selbst schaffen*

es ist so viel weggebrochen, schrecklich, ich trau mich nicht mehr in einen Apfel reinbeißen Sie hat in den letzten Wochen öfter gesagt, dass sie den Mund sanieren lassen will. Ich frage, ob ich ihr einen Termin bei der Zahnärztin ausmachen soll. Sie schaut mich an und fragt: *zahlt sich das noch aus?*
Ich konnte aus meiner Perspektive ihren Mund nur von der Seite sehen, habe nur das Öffnen und Schließen beobachtet.

Jetzt schaue ich genauer. Die Vorderzähne im Oberkiefer sind beide abgebrochen, links an der zweiten Stelle ist eine Lücke, auf der rechten Seite nur noch der Metallstift eines Implantats. Ich sehe nichts Gelbes.

4

Rosen sind ausverkauft. Ich entscheide mich für einen Strauß mit rosafarbenen, feinblättrigen Blumen. Sie will unbedingt wissen, wie sie heißen.

Ich habe heute wenig Zeit, doch ich habe eine Frage mitgebracht.

„Was fällt dir zu dem Wort ‚Klageweib' ein?"

sind gekaufte Frauen zum Begräbnis

„Wofür gekauft?"

schau in Google unter: Was ist die Aufgabe von Klageweibern?

Sie mustert mich. Setzt dann noch mal an: *sind Frauen, die den Toten betrauern, auch gegen Bezahlung*

Sie verzieht das Gesicht. Ich kann ihren Ausdruck nicht deuten.

ich fühl mich von dir gefrotzelt, die Frage, weil, es gibt einen Duden und Google und außerdem solltest du doch wissen, was ein Klageweib ist, dass die an der Mauer stehen und so weiter

Ich nehme mein Handy, google und frage mich, warum diese Frage sie so verärgert.

Wir haben bisher nur einmal kurz über Trauer gesprochen, auch damals hat sie das Thema abgeblockt. Es hat wie eine Rechtfertigung geklungen, dass bei ihrem ersten Mann keine Zeit zu trauern blieb, weil sie ein kleines Kind zu versorgen hatte. Bei ihrem zweiten Mann musste sie nicht traurig sein, weil es so ein friedlicher Abschied war.

In einem Artikel stoße ich auf die Bekleidung von Klageweibern und muss an ihren Traueranzug denken. Ein schwarzer Hosenanzug, den ihr zweiter Mann zwei Jahre vor seinem Tod für sie gekauft hat. Er war zwanzig Jahre älter, es war ihnen beiden bewusst, dass er vorher sterben würde.

Ich frage sie nach dem Anzug.

den hat er mir in Italien gekauft. Er hat gesagt, er möchte mich am Grab sehen, schön gekleidet und mit Schmuck, dass ich hervorstrahle. Ich soll nicht trauern, ich soll mich ver-

abschieden. Und er hat mir den Anzug gekauft, dass ich hübsch bin
Ich frage, ob sie mir den Anzug zeigen möchte.
den hab ich nicht mehr, damals war ich ja noch viel dicker. Den hab ich hergeschenkt
Am Abend schreibt sie mir: „Wie heißen die Blumen?"
Ich google und antworte: „Ranunkeln."

5

Bei meinen anderen Großeltern war es schwierig, passende Fotografien für ihre Parten zu finden. Bei ihr will ich vorbereitet sein. Ich habe sie schon oft fotografiert, das letzte Bild ist noch nicht dabei. Vor einigen Wochen habe ich ein beeindruckendes Portrait von Hélène Cixous mit geschlossenen Augen gesehen. Ich packe meine Kamera und das Buch mit der Aufnahme ein.

Großma sitzt auf ihrem Stuhl beim Esstisch. Ich zeige ihr die Fotografie. *die sieht beinahe aus wie eine Tote* Sie trifft es auf den Punkt, meine Faszination rührt daher, dass es aussieht wie eine Totenfotografie. Die Unsicherheit, ob die Portraitierte schläft oder gestorben ist, zieht mich an.

Schon oft hatte ich den Impuls, Großma liegend im Bett zu fotografieren. *oder wie jemand, der sehr in einem Gedanken ist. Das ist wirklich etwas, das ist gut*

Ich frage, ob ich sie fotografieren darf.

nicht heute, ich hab mich gerade eingecremt und schwitz so

Sie streicht, verteilt die Creme und den Schweiß mit den Händen von unter den Augen bis zum Hals.

Mein Lieblingsbild von ihr ist ein Dreiviertelkörperportrait im Schrebergarten. Das Foto schneidet die Knie, die Unterschenkel, die Füße ab. Ihre Oberschenkel stehen fest auf dem unteren Bildrand. Im Hintergrund, hinter dem Körper, ist die Hauswand des Gartenhauses und ein Fenster mit zugezogenen Vorhängen zu sehen. Die Bildmitte läuft durch die Körpermitte, teilt die Oberschenkel, die schwer im Badeanzug hängenden Brüste, läuft die Falten am Hals hinauf, dann die Nase, die tiefe Kerbe zwischen den Augenbrauen, den Schwung der Haarsträhne und schließlich den Vorhang, hinter ihrem Kopf, entlang aus dem Bild. Im Vordergrund, in der linken unteren Bildecke, ist ein rundes Stück Buchsbaum zu sehen. In der rechten Ecke ragen vier langstielige Blumen mit rosafarbenen Blütenblättern ins

Bild. Ihre Hand auf der linken Bildseite hält eine Krücke. Die linke Hand ist zu einer Zeigegeste geformt, doch der Arm hängt am Körper herab und der gestreckte Zeigefinger deutet in Richtung Boden. In meiner Erinnerung ist ihre Haut faltenfrei. Doch das Foto zeigt mir ein faltiges Gesicht, zeigt mir die Tränensäcke unter ihren Augen. Sie schaut direkt in die Kamera. Die Augen schauen geradewegs die Betrachterin an, ihr Blick hat etwas Herausforderndes.

Zurück am Schreibtisch, nehme ich einen Fotoband mit Portraits von Sterbenden im Hospiz aus dem Bücherregal. Die Fotografien, sie zeigen Menschen kurz vor und nach ihrem Tod, sind mir sehr vertraut, doch die Texte habe ich noch nie gelesen. Im Vorwort wird als Beweggrund für dieses Projekt die Verbindung zwischen eigener Lebensfreude und dem Todesbewusstsein beschrieben. Mir fällt das Wort „üben" auf, es wird ausgeführt, dass es sich dabei um einen Prozess handelt. Dann wird ein Punkt angesprochen, den ich immer wieder mit Freund*innen diskutiere, weil mir schon öfter vorgeworfen wurde, es sei grausam, Großma in ihrer letzten Phase ständig mit dem Tod zu konfrontieren. Im Vorwort werden ähnliche Bedenken geäußert, doch im Hospiz, wo der Tod sowieso ständig präsent ist, kommt niemand auf solche Ideen. Im Gegenteil, es folgt eine Liste mit Reaktionen der Portraitierten, in denen ihre Freude über die Aufmerksamkeit, das Interesse an ihrer Geschichte und die Möglichkeit etwas zu hinterlassen zum Ausdruck kommt.

In den darauffolgenden Gesprächen mit Sterbenden tauchen manche Motive immer wieder auf: Mit wie viel Gepäck etwa die Menschen ins Hospiz kommen. Dahinter steht die Frage, was brauchen wir zum Sterben? Auch die Wichtigkeit, sich ans Bett zu setzen, die Hand zu nehmen, den Liegenden etwas zu erzählen, sie in den Schlaf zu sprechen. Zufallende Augen.

Bei den Fotografien fallen mir zum ersten Mal die Gesichtshaare auf. Ich habe am Anfang dieses Buches ein schwarzes Haar an Großmas Kinn beschrieben und mich gefragt, ob ich das zeigen darf.

Skizzen eines letzten Bildes:

Fragen, die sie vor dem Fotografieren mit ‚ja' beantworten sollte:
– Hast du gut geschlafen?
– Ist heute kein Entwässerungstag?
– Hast du dich noch nicht eingecremt?

Wir werden an einer vertrauten Position beginnen. Sie sitzt am Esstisch und ich sitze ihr gegenüber. Ich schaue durch die Kamera, sehe ihr Gesicht, ein Stück Oberkörper, die Hände liegen vor ihr auf dem Tisch. Das ist der Bildausschnitt. Sie trägt eine blaue Fleecejacke, die Haare sind mit einem Reifen aus dem Gesicht geschoben. Sie hat ihre Lider mit blauem Schatten bemalt, die Lippen sind zusammengepresst. Sie schaut direkt in die Kamera. Ich löse aus.

Positionswechsel. Sie sitzt im Fernsehsessel, ich auf dem dazugehörenden Fußhocker, ungefähr eine Beinlänge entfernt. Sie trägt eine weiße Bluse, eine goldene Kette, die Haare sind offen, sie hat sie ein wenig toupiert. Mir gefällt der Kontrast des schwarzen Leders vom Sessel zu den weißen Haaren. Ich gehe nah ran, nur das Gesicht, die Haare und das Leder.

Darüber habe ich schon oft nachgedacht: Wir sind im Schlafzimmer. Sie liegt auf dem Rücken im Bett, trägt ihr blaues Nachthemd, die Augen sind geschlossen. Ich stehe auf dem Bettrahmen, versuche die Perspektive des Kronleuchters, hole die Leiter aus der Abstellkammer – viel zu dramatisch.

Sie sitzt auf der Bettkante, ich vor ihr auf dem Boden, das Gesicht, der Oberkörper, die Decke, der Kronleuchter, sie schaut auf mich herab.
Sie beginnt zu lachen. Ich drücke ab.

Jetzt sie: ein Selbstportrait. Sie platziert sich und mich.

Falls wir noch Lust haben:
- die Vorhänge der Balkontüre wären ein schöner Hintergrund
- die Hollywoodschaukel im Schrebergarten
- Musik, sie verändert ihr Gesicht

Anforderungen an ein letztes Bild:
- gut zum Anstarren soll es sein
- muss es friedlich sein?
- zumindest sollte es nicht erschrecken

Anforderung an ihr letztes Bild:
- es muss das Foto aus dem Schrebergarten übertreffen

6

Ich war für sie einkaufen, verstaue gerade die Lebensmittel, da fragt sie: *wie sind deine Nerven?* Ohne auf meine Antwort zu warten: *du kommst damit klar. Hier, beim Fernseher, nimm sie mit, ich will sie nicht hören*

Auf der Kommode, vor dem Fernseher, liegt eine Kassette.

In meinen Händen liegt ein Abschied. Ich halte ihn vorsichtig, lege die Kassette in das gepolsterte Laptopfach meines Rucksacks. Auf dem Heimweg kontrolliere ich immer wieder, ob sie noch da ist, ob sie gut liegt. Ich stelle mir vor, was ich hören werde, welche Worte gesprochen wurden, wie die Stimme klingt. Alles, was ich über die Kassette weiß: Ihr erster Mann hat sie aufgenommen, kurz bevor er wieder ins Krankenhaus kam, er wusste, dass er bald sterben würde. Ich besitze keinen Kassettenrekorder. Ich borge mir einen kleinen, gelben Kinderrekorder mit vielen bunten, sternförmigen Knöpfen.

Da sitzt ein Mann und spricht. Oder liegt da ein Mann und flüstert? Ich weiß, da war ein Mann und ich habe eine Kassette mit seiner Stimme drauf. Ich höre die Stimme. Seine letzten Worte, die ersten für mich. Ich kenne die Stimme nicht, doch ich weiß, wer da spricht. Das erste letzte Wort ist „ich".

„Ich möchte hier, heute etwas zu meiner Familie sprechen." Die Stimme spricht leise. „Ich weiß nicht, wie lang Gottes Gnade mir das Leben auf dieser Welt noch schenken wird." Als die Stimme das sagt, war sie so alt wie ich. „Ich möchte euch hier gleich um Verzeihung bitten, für alles." Ich glaube, andere Stimmen in der Stimme zu hören. Die Stimme schluckt, etwas raschelt, die Kassette surrt. „Aber wir haben alle Fehler." Ich höre die Worte, sage sie laut vor mich hin. Ich schreibe die Worte ab, höre immer wieder die gleichen Wörter. „Ich möchte, ich möchte, ich möchte, ich möchte, ich würde, ich wäre, ich bin, ich war, sein werden." Ich spule zurück, höre jeden Satz wieder und wieder. „Du bist für mich wie eine kleine Heilige auf dieser Welt. Oh Mama, ich danke dir. Ich möchte unaufhörlich deine alten Hände küssen." Als die Stimme zu Großma spricht, drücke ich Pause.

„Ein bisserl hat dir gefehlt, etwas Liebe." Ich drücke Pause, spule zurück, drücke Pause, spule zurück. Wieder und wieder Pause und zurück.
„Ein bisserl hat dir gefehlt
Ein bisserl hat dir gefehlt
Ein bisserl hat dir gefehlt,
etwas Liebe."
Die Lunge der Stimme rauscht. Die Stimme röchelt. Es hört sich an, als würde die Stimme ertrinken. „Du hast eine große Aufgabe zu erfüllen, ich lege dir mein Kind in die Hände." Die Stimme weint. „Pass auf! Bitte. Dankeschön für alles."
Ich weiß, dass Ohren mit dem Alter wachsen, aber was ist mit der Stimme? Wenn ich die Stimme höre, denke ich an einen Mann mit riesigen Ohren, weißen, leuchtenden Haaren und Tic Tacs in der Sakkotasche. Ich denke an einen alten Mann, meinen anderen Großvater. Doch der Großvater, der mit der Stimme, der da sitzt und spricht. Oder liegt und flüstert. Er ist noch kein Großvater.
„Nun zu dir." Die Stimme wird leise. Mein Ohr ist ganz nah an der Kassette. Es gluckert. Als wäre die Stimme in einer auslaufenden Badewanne. Ich weiß, was jetzt kommt, was jetzt kommen muss. Die Stimme, gleich wird sie zu meiner Mutter sprechen. „Von dir hab ich am wenigsten gehabt auf dieser Welt. Ich hoff, dass wir uns auch einmal oben im Himmel sehen." Ich nehme die Wörter von der Kassette.

Ich lese von einem Mann, der
„ich will hier keinen Märtyrer spielen, aber
weine nicht, kränk dich nicht,
sei ein bisserl überlegter,
pass auf!
sei immer schön brav,
sei folgsam,
tu lernen, sei gescheit,
und sei Gott dankbar,
verzeih mir,
und vergebt mir,
vergesst mich nicht,
um das bitte ich,
baba.“
Ich nehme die Sätze aus ihren Zusammenhängen.

„Auch dir wünsche ich alles Gute. Vergesst mich nicht“

„Es ist nicht einfach, aber ich versuch's, versucht es auch ihr“

„Wir glauben beide an einen Gott, sein Wille war es“

„Lass auch deine Familie schön grüßen. Und vergebts mir“

Ich zerlege weiter. Ich zähle neunundneunzig Mal das Wort „ich“. Ich ordne die Wörter, setze sie neu zusammen.
Die Stimme sagt dann:
„Jetzt, wo ich
weiß, dass ich
krank bin,
jetzt wäre ich gern
ein einmaliger Mensch
und
lieb zu dir.“

Ich höre die Stimme wieder und wieder. Ich suche nach Worten. Suche nach Worten für mich. Nach Worten, die die Stimme sagt. Sagen könnte, hätte sagen können. Ich suche nach neuen letzten Worten. Die Stimme sagt eintausendfünfhundertzweiundsechzig (letzte) Wörter. Ich nehme dreiundzwanzig davon und schreibe sie auf:

„es gibt nur eines auf dieser Welt
es gibt nichts Schöneres,
es ist nie was draus geworden
weißt, ich hab's auch nicht verstanden."

7

Ich weiß schon länger, was als Nächstes kommt, und ich habe Angst davor. Ich will mich mit ihr an den Tisch im Wohnzimmer setzen und ihr zeigen, was ich geschrieben habe. Zwischen uns liegen die ausgedruckten Seiten und die mitgebrachten Blumen. Sie ist in Redelaune, berichtet vom Einkaufen, den Nachbarn, schneidet währenddessen die Blumen mit dem kleinen Messer an und stellt sie in die Vase. Sie erzählt vom Sterben ihrer Männer, dann von einer Nahtoderfahrung, eine Geschichte, die ich noch nicht kenne, doch dann stoppt sie plötzlich, schaut mich an: *lass uns anfangen*
Ich erkläre: „Du weißt, ich schreibe an diesem Text über uns beide, den würde ich dir gerne vorlesen." Sie nickt.

Meine Finger deuten beim Lesen auf sie und mich, um ihr zu verdeutlichen, wer gerade spricht. Sie sitzt da, hört zu, ändert immer wieder ihre Armposition. Ich höre meiner Stimme die Aufregung an:

„*ich konnte nicht gehen, nicht sitzen, nicht liegen – ein 10er-Schmerz war das* Ich behandle die Wörter wie Werte eines Befundes und versuche eine Lesart zu finden, die mir Informationen über ihren Zustand geben kann."
Sie hört aufmerksam zu, nickt immer wieder, schließt die Augen.
„*du hast angerufen? Da war ich wahrscheinlich gerade Mist ausleeren* Ich versichere mich, dass sie noch lebt. In den letzten Tagen war das meine Hauptbeschäftigung."
Ich mache eine Pause, blicke zu ihr hoch. Keine Reaktion. „Wenn ich viel am Text arbeite, vergesse ich sie anzurufen, vergesse, dass sie hier nicht anwesend ist."
Ich höre mir selbst angespannt zu: „*dass du gefährdet bist, wegen dem Selbstmord der Großeltern, dass du einen seelischen Schaden davongetragen hast* Was tun mit diesem Satz?"

Sie räuspert sich. *jetzt wird mir kalt, aber das ist von dem da*
Sie zeigt auf den Text. *bringst du mir bitte meine Jacke?*
Ich stehe auf, hole ihre Jacke aus dem Schlafzimmer, helfe ihr beim Anziehen. Der zweite Arm ist, wie immer, etwas schwierig, sie kann ihn nicht so weit nach hinten beugen, ich ziehe an der Jacke, bis sie schließlich in den Ärmel findet.
Ich frage leise: „Soll ich weiterlesen oder lieber nicht mehr?"
Sie schaut mich an: *neinnein, geht schon wieder*
Ich lese mit zittriger Stimme: „*heute Nacht hab ich gekämpft, aber ich hab den Kampf gewonnen, ich lebe noch* Ich suche einen kleinen Notizzettel. Ich halte ihn behutsam, als wäre er zerbrechlich. Ein Rufzeichen steht vor den zwei darauf notierten Wörtern: ‚! Dein Seidentuch'
Sie hat mir von den heilenden Fähigkeiten dieses Seidentuchs vorgeschwärmt. Ich wollte das nicht vergessen. Ihr das Seidentuch bringen, wenn sie es braucht."

Ich hebe den Blick, schaue auf die andere Seite des Tisches. Sie reibt sich die Oberarme, um sich zu wärmen. Sie sieht meinen Blick, lächelt. Das erste Kapitel ist geschafft, wir kommen zu den Übungen. Sie hört aufmerksam zu. Schenkt sich zwischendurch Bier nach, hat keine Anmerkungen.
Dann kommt der Abschnitt, bei dem ich wusste, dass ich ihr den Text vorlegen muss. Ich erkläre, dass wir jetzt woanders hinspringen, und zwar zur Kassette vom ...
Sie spricht mit: *vom ersten Opa*
Ich beginne zu lesen und stoppe an der Stelle „Als die Stimme zu Großma spricht, drücke ich Pause." Ich frage, versichere mich, ob ich weiterlesen soll.
Sie antwortet sehr schnell: *da hab ich kein Problem*
Als ich gerade eine meiner Lieblingsstellen lese, beginnt sie auf ihrem Stuhl hin und her zu rutschen, ich lese den Absatz zu Ende:

„jetzt wäre ich gern
ein einmaliger Mensch
und
lieb zu dir.“
Sie atmet tief aus: *gut, du, ich weiß nicht, aber dadurch ist der Unterschied zwischen dem ersten und dem zweiten Tod – dieses Band ist eine Farce – la Komödie Finito – deshalb berührt mich das nicht. Ja, wenn er so gelebt hätte, wie er da so spricht, dann wär das in Ordnung, aber das hat er nicht*

Ich muss an ihre Antwort denken, die sie vor einigen Jahren auf meine Frage nach letzten Worten gegeben hat: *das ist alles ein Schmäh. Wenn man dann diese Farce sagt*
Erst jetzt verstehe ich ihr Misstrauen gegenüber letzten Worten. Ich frage mich, ob es etwas gibt, das sie aufgenommen wissen möchte. Ich schreibe mir eine Notiz, über letzte Worte möchte ich weiter nachdenken. Ab wann macht es Sinn sie aufzunehmen, müssen sie nach einer gewissen Zeit erneuert werden?
Ich lese den Rest des Kassettentextes vor. Sie lächelt mich an: *das hast du einmalig geschrieben. Das ist fantastisch. Also wenn man den Menschen nicht kennt, kann man es glauben*
Für einen Moment ist es still, ich schiebe die Blätter zusammen. Sie schaut auf meine Hände: *wie kannst du das eigentlich, du hast das jetzt mal so geschrieben, aber wie willst du das verarbeiten, dass du irgendwie etwas Positives – dass es andere auch lesen? Weil, uns betrifft das, weil ich ja konfrontiert bin damit*
„Das Sterben betrifft uns alle. Und dieser Versuchsaufbau: eine Enkelin, die von ihrer Großmutter sterben lernen will, weil sie näher am Tod dran ist–“
Sie unterbricht mich.
das ist aber auch nicht wahr
„Ist nicht wahr?“
nein

Sie hat recht. Natürlich könnte ich vor ihr sterben. Bisher habe ich diese Möglichkeit nicht in Betracht gezogen. Ich schiebe an den Blättern herum, versuche sie noch exakter aufeinanderzulegen.
„Am natürlichen Tod."
ok. Weißt du, wenn du dauernd daran denkst, das ist nicht normal, weil da bist du nicht normal, wenn du dauernd nur ans Sterben denkst
Ich probiere ihr zuzuhören, aber meine Gedanken sind noch bei der Möglichkeit, dass ich vorher sterbe. Ihr erster Mann ist gestorben, da war er so alt wie ich.

und was war bei dir der auslösende Moment, dass du dich so in dieses Thema hineinversetzen wolltest?
Sie gibt mir keine Chance zu antworten.
der Mensch muss die Kraft haben, zu akzeptieren, dass einmal die Stunde kommt, wo du einschläfst – ich formuliere das nicht als Tod, sondern als einschlafen und nicht mehr aufwachen
Mir fällt erst jetzt beim Schreiben auf, wie widersprüchlich dieser Satz ist. Der Mensch muss den Tod akzeptieren, aber sie kann ihn gleichzeitig nicht benennen?

Die Anspannung fällt langsam ab und ich merke, wie müde ich vom Vorlesen geworden bin. „Und wie war das jetzt für dich, das zu hören? Das bist ja du, die darin vorkommt – ist es für dich ok, dass ich darüber schreibe?"
kein Problem, nein, wirklich nicht
Sie setzt wieder an, will weitersprechen, doch ich frage noch mal nach:
„Aber für dich ist es ok, wenn ich unsere Gespräche verwende?"
da hab ich überhaupt kein Problem
Mir fällt nichts anderes ein als: „Danke."

Sie holt aus: *und ich fühl mich auch nicht irgendwie – im Gegenteil, ich finde manche Gedanken, die du da verwendet hast, für mich angenehm zu hören*
„Ich bin unsicher, wie ich jetzt weitermachen möchte."
und was, wie, – ich weiß nicht, was ich dazu beitragen könnte. Und wie willst du jetzt weiter vorgehen? Plötzlich schreit sie: *ich lebe. Ich lebe. Ich lebe noch*
Ich lache verlegen und beginne zu reden, stammle wohl eher: „Mir war wichtig, dir das an diesem Punkt vorzulegen."
also, ich werd dir was sagen: Du bist gekommen, hast mir mal schöne Blumen gebracht und hast dir gedacht, so, jetzt geh ich am Zahn fühlen, was wir weitermachen
Sie zeigt auf ihren Mund, lacht: *schau her, da ist alles weggebrochen*
Und dann wieder: *ich lebe noch, bin noch nicht tot*
willst du jetzt eigentlich zurückgreifen und aus meinem Leben noch irgendwas, nette Episoden einspeichern?
Ich antworte, wie automatisch: „Mich interessiert, was jetzt gerade passiert. Ich würde gerne festhalten, wie der Verlauf weitergeht."
Sie zieht die rechte Augenbraue hoch: *ich kann nicht im Voraus sagen, wie lange ich lebe, und ich muss dir ehrlich sagen, ich hab nicht den Gedanken, dass ich dauernd daran denke. Ich lebe*
Ich, leiser: „Aber ich würde weiter Notizen machen?"
gut, ich mein, ich leb jetzt weiter
Ich schaue sie an, lasse den Satz nachklingen, notiere ihn, obwohl das Aufnahmegerät mitläuft. Ich spüre, wie sie mich beobachtet, verharre mit meinem Blick bei dem Notierten, setze an: „Ich glaube, ich muss für mich noch klarer kriegen, welche Fragen ich beantworten möchte."
ja, du
„Ja, das liegt an mir. Und dann kann ich dich fragen."
Sie fasst zusammen: *wie gesagt, überleg und frag mich und ich geb dir dann gerne Antwort. Und besser gesagt, ich mach*

mir ja dann auch Gedanken darüber, wie wir was weiter ausarbeiten. Jetzt kannst du wieder ausschalten
Ich schalte die Aufnahme aus.

Sie ist einverstanden, und trotzdem bin ich enttäuscht. Ich hatte mir vom Vorlesen etwas anderes erhofft, hatte gedacht, dass ich wissen würde, wie es danach weitergeht.

Ein paar Tage nach dem Vorlesen ruft sie an: *nicht optimal. Eine Schüssel habe ich heute schon zusammengehaut und Marmelade hatte ich am Nachthemd. Jetzt war ich gerade beim Schmieren sämtlicher Stellen, die Creme brauchen. In der Nacht ist mir das eingefallen, weil schlafen kann ich eh nicht gut. Es ist darum gegangen, es ist wieder eine liebe Bekannte eingeschlafen und ich bin dann drinnen im Schlafzimmer gelegen und da ist mir der Gedanke gekommen: Hast du eigentlich Angst vor dem Sterben? Vor dem Sterben nicht, aber dahinsiechen will man nicht. Und dann hab ich zurücküberlegt. Die Erlebnisse, die einen prägen. Wie andere Leute damit umgehen*

ERINNERN

„Wie kann ich mich daran erinnern? Es ist so lange her.
Alles, was verbrieft ist, sind diese Wörter auf dem Blatt,
die Art und Weise, wie ich mir diese Geschichte
selbst erzählt und in den Jahren danach umgedeutet
und umgeschrieben habe."

Kate Zambreno

Ich stand zum ersten Mal an einem Krankenbett. Der Großvater saß aufrecht, den samtigen, dunkelgrünen Morgenmantel eng geknotet, seine Lippen fest aneinandergepresst. Die Wangen waren ein wenig eingefallen, verrieten die Leere seiner Mundhöhle. Die Großmutter übernahm das Sprechen, füllte die Stille mit hastigen Sätzen. Im angrenzenden Badezimmer reinigte mein Vater das Gebiss seines Vaters.

Zwei Wochen später versuchten sich die Großeltern umzubringen.

Der Geruch war tatsächlich mit umgezogen. Da lag sie, in dem Zimmer, das mit den Möbeln zugestellt war, die ihre Kinder ausgesucht hatten. Es sah aus wie eine kleine Version ihres alten Wohnzimmers. Doch das Krankenbett zerstörte die Illusion. Ihr Bett durfte nicht einziehen. Die Bewohner*innen mussten in einem Krankenbett liegen, egal wie ihr Zustand war. Die Leitung der Pflegeeinrichtung erklärte, dann müsse man sich später nicht mehr darum kümmern. Da lag die Großmutter also plötzlich in einem Krankenbett. Ihr Blick senkte sich noch tiefer ab, der Kiefer zog sich noch mehr zusammen.

Meine Großmutter hat mir in den Jahren nach dem Suizidversuch vier Schatullen geschenkt. Zwei größere aus Holz, eine grüne aus schwerem Stein und eine kleine silberne zum Aufklappen mit einem Spiegel darin.

Als hätte sie gewusst, dass ich anfangen würde zu sammeln.

Material für einen Krimi:

- ein Arzt und eine Krankenpflegerin (ein Ehepaar)
- eine Vorgeschichte (seit Jahren wurden Schlaftabletten gesammelt)
- ein Ort (Haus am Stadtrand, Gartentor in den Wienerwald)
- Motive (Ein Sturz führt dem Arzt seine eigene Gebrechlichkeit vor Augen; Ängste „schwach zu werden“ oder „seine Würde zu verlieren“. Die Motive der Krankenschwester sind weniger eindeutig, haben auf jeden Fall mit dem Patriarchat zu tun.)
- eine Handlung (Der Doppelsuizid wird vorbereitet: Weingläser und Schlaftabletten werden auf den kleinen Tisch zwischen den großen Ohrensessel im Wohnzimmer gestellt, auf den Spiegel im Vorzimmer wird mit Lippenstift „Vielleicht habt ihr ja mehr Glück“ geschrieben und darunter ein Glückslos geklebt. Ein Abschiedsbrief wird geschrieben. Stichwörter, die darin vorkommen: „anscheißen“, „Windeln wechseln“, „Würde“. Der Fensterladen in der Küche wird geschlossen, ein Zettel mit Anweisungen, wer anzurufen ist, wird außen an die Eingangstür geklebt. Weingläser werden gefüllt und Schlaftabletten werden geschluckt. Einer Nachbarin fällt der geschlossene Fensterladen auf, sie findet den Zettel mit den Anweisungen, sie befolgt sie. Die ausgesuchte Person, der Sohn, trifft ein, findet seine Mutter und seinen Vater, die Mutter wird wiederbelebt, der Vater ist tot.)

Wenn ich ans Sterben denke, sehe ich meine Großmutter in einem Ohrensessel sitzen. Sie hat ein Glas Rotwein in der Hand und die Augen geschlossen.

Von ihr habe ich mir abgeschaut, wie man Kartoffeln schält und wirklich nur die Schale abzieht, den Salat in einer Schüssel mit Dressing badet, den Tisch so deckt, dass auch unangekündigter Besuch eingeplant ist. Ich habe versucht nachzumachen, wie sie Haarspray auf die Hochsteckfrisur sprüht, ohne den Nebel einzuatmen. Sie hat mir gezeigt, wie beim Panieren zuerst im Mehl gewendet, dann in Ei getaucht wird und die Brösel am Schluss fest angedrückt werden. Ich habe beobachtet, wie sie vor dem Schlafengehen bereits eine Zitrone, eine Presse, einen Honig, einen kleinen Löffel und eine Teekanne mit Teebeuteln bereitstellte. Wie sie nach dem Aufwachen mit den ersten Handgriffen den Wasserkocher angeschaltet, die Zitrone gepresst, den Tee aufgegossen, zwei kleine Löffel Honig im dampfenden Wasser aufgelöst und den Zitronensaft hinzugegeben hat.
Jeden Abend vor dem Schlafengehen mahle ich Kaffee, gebe den Filter und das Pulver in die Maschine, fülle das Wasser ein und stelle eine Tasse bereit. Nach dem Aufwachen schalte ich mit dem ersten Handgriff die Kaffeemaschine ein.

Und dann gibt es die Erinnerungen nach dem Suizidversuch. Wie Großmutter bei Großvaters Begräbnis mit dem Rollstuhl über den Friedhof geschoben wurde, wie sie das Gesicht in den Händen vergrub, keinen Augenkontakt zuließ. Ihre Schultern waren von da an hoch-, das Kinn heran-, der Mund zusammengezogen. Ihr Kiefer zuckte vor Anspannung.
Sie wollte keine Orte mehr besuchen, an denen sie mit Großvater war. Sie fuhr nicht mehr in die Stadt, tauschte ihre Hochsteckfrisur gegen einen Pagenkopf ein. Sie fand alles,

was sie machte, ungenügend. Einmal konnte ich sie überreden, mit mir in den Zoo zu gehen, bei der Robbenfütterung standen wir in der ersten Reihe und wurden nassgespritzt, ihr Mund war für einen Moment frei, sie lachte.
Erst viel später habe ich verstanden, dass sie sich schämte weiterzuleben.

Ich hole eine große schwarze Mappe aus dem Bücherregal. Zwischen alten Briefen, Karten, Fotos finde ich ihre Parten. Ich vergleiche zuerst die verwendeten Formulierungen. Bei ihm steht „von uns gegangen", bei ihr steht „gestorben".

Mir fallen die Sprüche auf. In der linken Ecke auf Großvaters Parte steht ein Zitat von Friedrich Cerha, der den Moment des Sterbens als Loslösung von allen existenziellen Fragen beschreibt.
Auf Großmutters Parte findet sich in der rechten Ecke ein Zitat von Mascha Kaléko, die davon spricht, dass der Schmerz des Bleibens größer sei als der Schmerz des Gehens.
Ich bin nicht sicher, ob das so eindeutig Suizid schreit, wie ich es lese.

Auf meinem Handy habe ich ein Foto ihres Grabsteins, ich schaue nach, wann er gestorben ist: 2007. Sie: 2013. Immer wieder überrascht es mich, wie lange sie noch ohne ihn gelebt hat.

In meiner Erinnerung habe ich sie danach gefragt. Oft habe ich versucht herauszufinden, wie es dazu kam. Ich kann mich nicht an ihre Antworten erinnern. Ich weiß, dass sie es nicht an diesem Tag machen wollte, aber er der Meinung war, es würde immer etwas geben, das gegen den Zeitpunkt spricht.

Ich ziehe eine Geburtstagskarte aus der schwarzen Mappe. Auf der Vorderseite ist eine Fotografie von einem Panda zu sehen. Auf der Rückseite die Schrift der Großmutter, Glückwünsche und als Abschiedsformel: „Bleib weiter so brav."

Ich rufe Großma an, frage, ob sie morgen Zeit hat.
ich schau mal in den Kalender, weißt, ich bin ja so viel beschäftigt
Sie lacht.
ich hab da noch nichts vor, ich trag es mir ein

Ich schließe die Türe auf. *ich bin ein Nackabatzi* tönt es aus dem Wohnzimmer. Sie sitzt auf ihrem Platz am Tisch, zieht sich gerade an. Ihr Kopf ist in einem schwarzen Leiberl verschwunden, die rechte Hand über den Kopf gestreckt, versucht sie mit der linken den Stoff zurechtzuziehen. „Ich wasch mir schnell die Hände, dann kann ich dich befreien." *ich muss dann ein liebes Opfer finden, meine Hilfe ist krank, das Leintuch – alles andere ist nicht so wichtig* Ich komme aus dem Bad zurück, sie ist angezogen. *ich brauch dann ein Kilo Heurige Kartoffeln von dir, aber jetzt erst mal, wir wollen erst mal ganz in Ruhe, setz dich her – das Leintuch ist nicht so wichtig. Was machen wir heute? Ich will, dass meine Gedanken für dich produktiv sind*

Auf meiner Seite des Tisches liegt eine kleine Schwarz-Weiß-Fotografie. Ich nehme sie in die Hand. *ich weiß nicht, wie weit du mit deinen Schreibarbeiten bist. Aber ich habe Kinderfotos von mir gefunden* Die Fotos zeigen ein Kind auf einer Wiese, es trägt ein weißes, knielanges Kleid, Wollstrümpfe und eine Rüschenhaube. *meine Mutter war ein Putzteufel. Ich wurde vor dem Spielplatz umgezogen und dann nach dem Spielen wieder* Ich frage, ob ich das Foto abfotografieren darf. Sie nickt.

„Ich würde gerne die Plätze tauschen, wenn es für dich nicht zu anstrengend ist?"
nein, eh nicht. Ist da ein Polster drauf? Momentan bin ich trocken

„Soll ich deinen Stuhl rübergeben?"
nein, nein, wenn du ins Kabinett reingehst, da ist ein weißes Fell zum Drunterlegen

„Ich sitze heute auf der Seite, die antwortet." Ich halte kurz inne, muss mich an die neue Position gewöhnen. Ich sehe nicht wie sonst die Wand mit dem eingerahmten Stück Landkarte. Ich blicke in den Raum, sehe die Wand, die mit Masken, Spiegeln, Dolchen behängt ist, davor das schwarze Ledersofa mit den kleinen Zierkissen und das Kästchen mit dem Fernseher.
Sie schaut mich erwartungsvoll an.
„Als ich dir den Text vorgelesen habe, hast du mich gefragt, warum ich ständig ans Sterben denke. Dein Wortlaut war: *und was war bei dir der auslösende Moment, dass du dich so in dieses Thema hineinversetzen wolltest?* Ich möchte dir heute gerne antworten. Wann immer wir übers Sterben sprechen, erzählst du von deinen Männern, wie sie gestorben sind. Wenn ich ans Sterben denke, denke ich an den Suizid der anderen Großmutter."
das hat sie doch nicht gemacht
„Aber versucht."
sie haben nicht gleichzeitig Schlafmittel genommen
„Du meinst, sie hat es später genommen, oder was?"
Ich erschrecke, wie gereizt ich antworte.
ja
„Aber das können wir nicht wissen."
sie war Krankenschwester, sie wusste, was sie tun muss, um einzuschlafen, sie hatte wohl die Kraft gehabt auf der einen Seite, aber sie war nicht bereit das durchzusetzen
Ich bin irritiert, schiebe nervös an den vor mir liegenden Notizzetteln herum. Immer wieder vergesse ich, dass sie mit der anderen Großmutter befreundet war, wie gut sie einander gekannt haben.

„Da ist so viel, was ich nicht weiß. Dinge, die ich sie nicht mehr fragen kann. Alles, was mir bleibt, ist diese Wut. Über ihren Tod. Wie mit ihrem Suizidversuch umgegangen worden ist. ... Weißt du, was mir als Grund gesagt wurde?"
nein
„Sie hat einfach mitgemacht."
Ihr Mund verzieht sich, ihr Blick hat etwas Mitleidiges.
„Über seine Gründe wurde ausführlich gesprochen, er war Arzt, er wollte seine Würde bewahren, wollte nicht gepflegt werden, wollte einen angemessenen Abgang, er wollte nicht in Windeln, wollte im Besitz seiner geistigen Fähigkeiten bleiben, wollte nur ja von niemandem abhängig sein. Kein einziges Mal wurde über die Umstände gesprochen, unter denen eine Frau beim Suizid ihres Mannes ‚mitmacht'. Ich habe diese Erzählung einfach geschluckt. Sie für viele Jahre, all die Jahre, die sie noch gelebt hat, geglaubt. Ich hatte keine Sprache, keine Fragen.
Sie waren meine Vorbilder. Ich bin in dem Glauben aufgewachsen, dass sie die ideale Beziehung haben."

Ich kann keine Reaktion in ihrem Gesicht ablesen.

Den nächsten Satz lese ich ab: „Um ehrlich zu sein, habe ich Angst, dass sie meine Vorstellung vom Sterben und Lieben geprägt haben."

Sie schüttelt den Kopf, ihren ganzen Oberkörper.

Ich höre ihren angestrengten Atem. Sie setzt an, *nein*, bricht ab.

der Opa war zwanzig Jahre älter als ich, es war immer klar, dass er vor mir stirbt. Ich hab mich um ihn gekümmert, wir haben uns langsam verabschiedet

„Ich konnte mich nicht um sie kümmern. Sie lag in diesem Zimmer. Und ich war achthundert Kilometer entfernt. Konnte sie nur anrufen."
das ist schön
„Aber sie hat sich immer um alle gekümmert, ihr ganzes Leben hat sie sich um alle anderen gekümmert. Und saß am Ende allein in diesem Zimmer."
was steht da noch?
„Du bist meine einzige noch lebende Großmutter."
bitte verschrei mich nicht, ich will noch weiter blöd sein
„Du bist mein Gegenbeweis, ich schau mir an, wie du das machst, um eine andere Erfahrung zu sammeln."

Sie lächelt mich an.

„Ich habe noch eine Frage."
ja bitte
„Würdest du sagen, du hast beim Kümmern etwas übers Sterben gelernt?"
so habe ich darüber noch nie nachgedacht
Sie schaut mich an. Ich treffe ihren Blick. Sie verändert ihre Handposition, richtet sich auf.
wie weit können wir das Gespräch für den Text gebrauchen? Inwiefern willst du jetzt einige Sachen von mir haben? Meine Lebensweise, meine Hilfsweise, meine Spaßmache, da bin ich sehr bekannt

Einige Momente vergehen, ich brauche, bis ich verstehe, was sie gesagt hat. Sie bringt den Text zurück in unser Gespräch. Nach meinem Bekenntnis, warum ich diesen Text schreibe, ist sie noch immer besorgt, ob wir etwas Brauchbares haben. In dem Moment wird mir bewusst, dass sie die ganze Zeit wusste, warum ich schreibe.

Und dann bietet sie mir erneut alles an, was sie zur Verfügung hat: *‚meine Lebensweise, meine Hilfsweise, meine Spaßmache‘*
Ich merke, wie die Anspannung, die gerade noch im Raum war, sich in Dankbarkeit auflöst. Ich stehe auf, gehe zur anderen Tischseite, beuge mich zu ihr und lege meine Arme um sie. Ich lasse meinen Kopf auf ihre Schulter sinken und sie beginnt meinen Rücken zu streicheln.

Nach einigen Momenten löst sie die Stille.
eiei, meine Puppe

8
Verdächtige Sammlung, eine Zwischenübung

Großvater steht und Großmutter sitzt.
Er beugt sich zu ihr und sie legt den Kopf in den Nacken.
Er hält Tropfen in der Hand und sie nimmt ihre Augengläser ab.
Er hat ruhige Hände und sie hat zittrige Augen.
Seine ruhigen Hände tropfen in ihre zittrigen Augen.
Zeitlebens danach küsste er ihre Stirn.

Marcus erzählt mir einen Traum: „Ich bin mit dem Flugzeug abgestürzt. Ich habe nur an dich gedacht, gedacht: Ich liebe dich. Ich liebe dich. Ich liebe dich."

Wir saßen an einem runden Tisch auf der Terrasse. Wenn ich auf zwölf Uhr saß, war Großmutter auf fünf und Großvater auf sieben Uhr. Ich wollte Einzelportraits von ihnen machen, eine Hausaufgabe für meine Fotografieklasse. Ich fotografierte zuerst Großvater, sitzend in einem weißen Plastikstuhl. Sein Gesicht, die große Nase, die überschüssige Haut, sein strahlend weißes Haar und die riesigen Ohren. Dann wollte ich Großmutter fotografieren. Sie hatte große, dicke Brillengläser, die ihre Augen riesig wirken ließen. Sie trug eine Hochsteckfrisur mit zwei Knödeln, die ich als Kind Kokos und Ananas taufte. Ihr zusammengezogener Mund, die von Altersflecken gezeichnete Haut, der faltige Hals. Und ihre Hände. Sehnig und übersät von diesen kleinen, braunen Flecken. Sie lagen auf dem Tisch, ich wählte den Ausschnitt so, dass ihre Hände im unteren Drittel waren und ihr Gesicht in einem Dreieck dazwischen. Ich war gerade dabei ihre Hände scharf zu stellen, da verrückte sie ihren Stuhl. Rückte auf sechs Uhr, zu ihm. Ich fotografierte sie gemeinsam.

Eines der Portraits, die ich an dem Tag von ihm machte, wurde das Bild für seine Beerdigung. Bei ihr konnte ich keines finden, das sie allein zeigt. Ich fand eines, auf dem ich meinen Kopf auf ihrer Schulter abgelegt hatte. Ich verbrachte mehrere Stunden damit, mein eigenes Gesicht aus ihrem letzten Bild zu retuschieren.

Bei Maggie Nelson lese ich von den Liebeserklärungen ihrer Mutter, in denen sie die Liebe zur Tochter über das eigene Leben stellt. Sie klingen wie suizidale Drohungen, merkt Nelson selbst an.

Vor einigen Wochen schreibt Marcus auf ein Post-it: „Du bist mein Ein und Alles." Und klebt es auf den Küchentresen, als Begrüßung für mich. Ich hebe diesen kleinen Zettel auf, klebe ihn in mein Notizbuch. Ein verdächtiger Satz. Ein Beweis für eine mögliche Abhängigkeit.

Ich versuche in meiner Erinnerung noch mehr zu finden.

Großvater bestellt eine Speise. Großmutter bestellt eine Speise.
Er isst den halben Teller leer. Sie isst den halben Teller leer.
Er gibt ihr seinen Teller. Sie gibt ihm ihren Teller.
Er isst den halben Teller leer. Sie isst den halben Teller leer.

Wo sitzt das Wir? Und wird es mit jeder Berührung, jedem Gedanken aneinander größer? Ich stelle mir vor, wie es sich aufspannt, unsichtbar zwischen Körpern. Doch die Schnüre müssen elastisch bleiben.

Marcus kocht, sagt über die Küchenzeile hinweg: „Seit du da bist, geht es mir besser."

Alle Enkelkinder durften gemeinsam bei ihnen übernachten. Es wurde ein riesiges Matratzenlager im Zwischenstock aufgebaut. Ich erinnere mich an den Blick aus dem Bett, die Wände voll mit Kunstwerken. Über meiner Matratze hing die Kohlezeichnung einer Blume. Aus dem Zwischenstock führte eine steile, schwarze Holztreppe unters Dach, wo sie geschlafen haben. Großmutter legte sich zum Einschlafen, damit wir endlich Ruhe gaben, zu uns. Sie legte sich zu mir auf die Matratze, ich war stolz, ich liebte ihren Geruch. Eine Mischung aus Haarspray, Bratfett und Parfum. Ich kann mich nicht erinnern, wie nah wir uns waren, ob sich unsere Körper berührten, sie vielleicht ihren Arm um mich gelegt hat. Dann fing sie an zu schnarchen und ich konnte erst recht nicht einschlafen. Außerdem machte ich mir Sorgen um Großvater. Ohne Großmutter würde er, allein unter dem Dach, bestimmt nicht schlafen können. Deshalb weckte ich sie irgendwann auf und schickte sie nach oben.
Ich habe sie aufgeweckt, damit er nicht allein schlafen muss. Ich erschrecke. Wie tief sind diese Muster in mir?

Die Angst, ein Twinni zu trennen.

Marcus spricht darüber, ein Testament zu machen. Meine Antwort: „Wenn du stirbst, hilft mir das auch nicht."

Jedes Jahr haben die Großeltern ein großes Faschingsfest veranstaltet. Zuerst für uns Enkelkinder und dann am Abend für ihre Freunde. Sie waren aufwendig verkleidet, hatten immer Kostüme, die zueinander passten. Ich erinnere mich an Hosenträger, einen Hut, eine Pfeife, einen angeklebten Schnurrbart und ein Monokel. Es gibt ein Foto von Großvater verkleidet als Detektiv, Großmutter ist nicht im Bild.

Ich denke an den Schluss von Ingeborg Bachmanns „Malina“. Das Verschwinden in der Wand und die Behauptung, da wäre keine Frau gewesen.

Die Marille, die vom Teig umhüllt ist. Ich steche in den Knödel, reiße mit der Gabel den Teigmantel auf, um der Marille Platz zum Atmen zu verschaffen.

In der Nacht wache ich auf und höre Marcus nicht atmen. Ich höre auf zu atmen. Ich atme erst wieder, wenn ich seinen Atem höre. Meine Angst, er könnte nicht atmen, nimmt mit den Jahren zu.

Ich: „Denkst du, wir schreiben uns so viele Nachrichten, weil wir nicht allein sein können? Ich meine Nachrichten wie: ‚Ich vermisse dich‘, ‚Ich wäre gerne bei dir‘.“
Marcus: „Du meinst zur Ablenkung?“
Ich: „Ja, um nicht mit uns allein sein zu müssen.“
Marcus: „Wäre das denn so schlimm?“

Dinge, die Großvater immer gemacht hat:
– Kaffee mahlen
– Autofahren

Dinge, die Marcus immer macht:
– Haare aus dem Abfluss holen
– Pilze anbraten
– Autofahren

Ich rufe bei der Fahrschule an, vereinbare eine Fahrstunde.

Marcus ist im Nachtdienst. Ich nutze die Ruhe in der Wohnung, um zu schreiben. Eine Tätigkeit, die Alleinsein voraussetzt.

Am nächsten Morgen erzählt er mir von einer alten Patientin, die seit einigen Wochen bei ihm auf der Station liegt. Ihr Mann ist jeden Tag die gesamte Besuchszeit da, übernimmt Pflegearbeiten und liest ihr vor. Gestern hat der Mann erzählt, dass er fast einschläft, weil er zu Hause ohne sie so schlecht schläft. „Die alten Paare nehmen mich am meisten mit, die haben die letzten sechzig Jahre alles zusammen gemacht und dann plötzlich sind sie allein.“

Marcus liegt in der Badewanne und erzählt mir von einem Rilke-Zitat. Ihn lässt der Gedanke nicht los, dass die Liebe und der Tod Geschenke sind, die meist ungeöffnet bleiben. Ich wiederhole meine Überzeugung, dass der Tod alles andere ins Verhältnis setzt und deshalb ein wertvolles Gegengewicht ist.
Wir denken gemeinsam über die Liebe nach. Ich erzähle ihm von „Die Abschiede“ von Friederike Mayröcker, dem Abschied, der sich aus vielen kleinen zusammensetzt.

Ich muss an die Worte denken, die von der Kassette übrig geblieben sind:
„es gibt nur eines auf dieser Welt
es gibt nichts Schöneres
es ist nie was draus geworden
weißt, ich hab’s auch nicht verstanden.“

9

Ich setze mich auf den Boden
überkreuze die Beine, richte mich auf, rolle die Schultern ab
öffne meinen Mund leicht, versuche den Kiefer zu entspannen
ich schließe die Augen
atme durch die Nase ein und durch den geöffneten Mund aus
ich will den gesamten Oberkörper beatmen, bis in den Bauch, die Rippenbögen zur Seite ausdehnen
je nach Laune lasse ich beim Ausatmen seufzende Geräusche zu
nach einigen Runden Ein- und Ausatmung
atme ich so viel wie möglich aus
und verweile dann in diesem Zustand
ich versuche die Atempause zu verlängern
die Stille auszuhalten

10

der Wunsch nach einer anderen Erzählung

Manchmal stelle ich mir vor, wie die Frau in dem Krimi nur jede dritte Schlaftablette schluckt, die anderen in der Ritze des Ohrensessels verschwinden lässt.

KÜMMERN

„Ich finde nämlich, daß, um mit dem Tod
vertraut zu werden, man wirklich weiter nichts nötig hat,
als seine Nähe zu erleben.“

Michel de Montaigne

beim einen Fuß, da ist so ein Eckerl, kannst du mir das bitte wegschneiden? Wir gehen ins Schlafzimmer, ich hole die Nagelschere, sie setzt sich aufs Bett. Ich sehe noch ein *Eckerl* am mittleren Zeh.
„Deine Füße sind trocken, soll ich sie einschmieren?"
ich hab da eine Technik, ich geb die Creme in die Saunaschuh und lass sie so lange an, bis alles weg ist
Trotzdem gibt sie mir die Creme, ich beginne zu schmieren, massiere die Fußsohlen, sie macht für einen Moment die Augen zu und reicht mir dann Socken. Sie wiederholt einige Male, dass es ihr schlechter geht.

Wir sitzen uns am Esstisch gegenüber. Sie versorgt die mitgebrachten Blumen. Die Art, wie sie die Stiele greift, die eine Hand unterstützt die andere beim Halten.

bist du eh nicht böse, dass ich gestern nicht da war? Du weißt, ich fühl mich nicht wohl mit der Inkontinenz
Jeden ersten Sonntag im Monat laden Marcus und ich zu einem Mittagessen ein. Inspiriert von meiner Großmutter, die jeden Sonntag die ganze Familie einlud. Wir reihen alle Tische aus der Wohnung zu einer langen Tafel aneinander und versammeln unsere Familie. Alle, die in der Stadt sind. Gestern saß neben meiner Mutter Julia, daneben die beiden Karls, Kati, Javi, Matteo, Emma, Henry, mein Stiefbruder, Selma, mein Vater. Großma hat diese Treffen in den letzten Jahren selten verpasst, sie mag den *Trubel.*
Sie unterbricht meinen Bericht vom Essen mit einer Schilderung ihrer letzten Untersuchung, betont, dass die Ärztin etwas über ihren Zustand für die Krankenkasse, die Erhöhung der Pflegestufe, geschrieben hat. *ich will das Pflegegeld ja nicht für mich, sondern um die Arbeiten zu entgelten, dafür wollte ich dich und die Mama nutzen, ohne euch zu belasten*

Schon öfter hat sie mir Geld angeboten, wenn ich Dinge für sie erledigt habe. Etwas sträubt sich in mir.

in der Nacht hab ich schon zweimal gedacht, ich weiß nicht, ob ich das überlebe, da ist plötzlich der Schmerz da und die Luft weg. Und solang ich geistig klar bin, wenn ich nicht mehr geistig klar bin, könnt ihr mich wohin geben, aber wenn ich mich nur nicht mehr bewegen kann, solang meine Goschn funktioniert, möchte ich hierbleiben
Sie öffnet den Mund, streckt die Zunge ein wenig raus.
kannst du mir ein Bier bringen? Ich hab keinen Speichel, das eine Medikament trocknet mich aus
Zwischen den Wörtern hängen kleine Schmatzer.

Sie erzählt von ihrer Großmutter, *ich hab sie gewaschen, aber untenrum, das wollte sie selber, und dann ist sie zweimal umgefallen. Und ich hab gesagt, da wäre es doch einfacher gewesen, ich hätte dich ganz gewaschen. Aber da hatte sie irgendein Ding*
Ich frage mich, ob sie das mit einer Absicht erzählt. Und bevor ich nachfragen kann, sagt sie: *kannst du dir vorstellen mir zu helfen?*
„Ja."
„Wobei brauchst du Hilfe?"
Doch sie will jetzt nicht mehr weitersprechen, stoppt mich.
überleg dir das erstmal in Ruhe

Überlegtere Antworten:
- Im Rahmen meiner Möglichkeiten helfe ich dir gerne.
- Ich kann mir vorstellen, Teil deines Hilfs-Netzwerks zu sein.
- Lass uns besprechen, wie viel Hilfe du brauchst, wobei ich dir helfen kann und wo es noch weitere Unterstützung braucht.

Ich lese Joan C. Trontos Unterscheidung: „caring for", die physische Komponente von Care-Arbeit, „caring about", das emotionale Unterfangen, und „caring with", die politische Dimension. The Care Collective schreibt in dem 2020 erschienenen „The Care Manifesto – The Politics of Interdependence", dass bei dieser Unterscheidung die widersprüchlichen Empfindungen fehlen, die zwangsläufig mit Care-Arbeit einhergehen.
Beim Wort „Fürsorge", das seinen etymologischen Ursprung in der „Sorge" findet, ist diese Ambivalenz angelegt. Bei „Betreuung" steckt „treu" drinnen, die Implikationen von unveränderlich, beständig und zuverlässig beschreiben das Gewicht, die Verantwortung, die damit verbunden ist. Während ich noch über die Tragweite, sich um jemanden zu kümmern, nachdenke, lese ich, wie sehr der Umstand pathologisiert wird, auf Pflege angewiesen zu sein. Obwohl es zum Menschsein dazugehört.

kannst du dir vorstellen mir zu helfen?
Wie viel Mut braucht es, so eine Frage zu stellen?

Als einen möglichen Grund für die Pathologisierung nennt „The Care Collective" die Idealisierung von Autonomie und Unabhängigkeit und deren Zuschreibung als besonders „männlich".

– er wollte seine Würde bewahren
– er wollte nicht gepflegt werden
– er wollte einen angemessenen Abgang
– er wollte nicht in Windeln
– er wollte im Besitz seiner geistigen Fähigkeiten bleiben
– er wollte nur ja von niemandem abhängig sein
– seine Würde

Die Gründe, die in der Familie genannt wurden, um den Suizid des Großvaters zu erklären.

Dann kommt im „Care Manifesto“ eine Textstelle, die ich sofort abschreibe.
„Recognising our needs both to give and to receive care not only provides us with a sense of our common humanity, but enables us to confront our shared fears of human frailty, rather than project them onto those we label as ‚dependent‘.“

Ich übersetze:
„Wenn wir unser Bedürfnis erkennen, uns um andere zu kümmern und selbst versorgt zu werden, hat das nicht nur etwas sehr Verbindendes, sondern gibt uns auch die Möglichkeit, uns den Ängsten vor der menschlichen Gebrechlichkeit zu stellen, anstatt sie auf diejenigen zu projizieren, die wir als ‚abhängig‘ bezeichnen.“

Der eine schmerzliche Satz über meine Großmutter: „Sie hat einfach mitgemacht.“

Ich lese gierig weiter über emanzipatorische und queere Modelle der Care-Arbeit, die den heutigen Eigentumsbegriff bekämpfen und versuchen, die besitzergreifende Liebe in Beziehungen abzubauen.

– *Hustenzuckerl*
– *Äpfel*
– *Kartoffeln*
– *Paprika*
– *Joghurt*
– *Bier*

Ich stelle die Einkäufe ab. Sie steht, auf den Rollator gestützt, neben dem Bügelbrett und zündet gerade ein Räucherstäbchen an.
„Das riecht gut."
meine größte Angst ist, wenn man reinkommt und es riecht
„Es riecht wirklich gut hier. Wenn es mal nicht so ist, sag ich es dir."
Sie bedankt sich und holt aus: *ich wasche auch immer alles gleich und hab im Klo jetzt ein kleines Küberl, wo ich die Einlagen reingebe und die bringe ich auch jeden Tag hinunter*

Eine Freundin fragt mich nach Tipps, wie sie sich auf den Tod ihrer Großmutter vorbereiten könne. Das Erste, was ich sage: „Wenn sie noch spricht, nimm ihre Stimme auf." Ich bin überrascht von meiner Antwort. Ich sehne mich oft nach der Stimme meiner Großmutter.

jetzt war ich gerade duschen
hab die Balkontüre zugemacht und zieh mich an
das Hemdchen hängt noch über dem einen Arm
so sitz ich nackig da
lach nicht so über mich
ich bin doch ein schönes Mäderl
mit den langen Zotten
ich hab mir mit einer Bandage die Haar hochgebunden
damit ich nicht so nass werde beim Duschen

kannst du heute schon kommen?
„Ich ruf dich gleich noch mal an."
ich bleib hier sitzen nackig

Sie überlegt, sich ein Pflegebett zu kaufen. In letzter Zeit hatte sie öfter Krämpfe und konnte nicht aufstehen. Die Frau einer Saunafreundin liegt im Sterben und hat sich erst

vor Kurzem so ein Bett gekauft. *jetzt ist es natürlich noch zu früh, pietätlos,* sie will noch ein bisschen abwarten und dann fragen, ob sie es abkaufen kann. *diese Betten sind sauteuer und das ist ja quasi noch neu*
Sie fragt mich, ob ich ihr altes Bett haben will. *es ist eine Tischlerarbeit, Vollholz und die Matratzen waren immer in einer Schutzhülle. Auf der vom Opa hat schon seit vielen Jahren niemand mehr geschlafen, die ist sicher nicht durchgelegen*
Sie lacht.

wie viel Zeit hast du?
wie lange hab ich dich heute?
wenn du losmusst, versteh ich das
du weißt, ich will dich nicht aufhalten

Sie nimmt einen kleinen Zettel, der neben dem Kalender liegt, und schiebt ihn mir zu: „Creme". *kannst du mir diese lila Flasche noch mal besorgen? Die ist ideal zum Einfüllen in dieses, du weißt schon, womit ich mir den Rücken einschmier. Früher haben wir uns in der Sauna immer gegenseitig den Rücken eingeschmiert*

ich war bei der Nachbarin (Tür 16) und hab ihr Mandarinen gebracht. Die schaut gar nicht gut aus. Ich hab mich um die Pflanzen gekümmert, die waren in keinem guten Zustand

Sophie Lewis beschreibt die Familie als Hauptinstitution des Patriarchats und Grundeinheit des Kapitalismus, die unter anderem die Sozialhilfe ersetzt. Sie schlägt vor, dass Genoss*innen oder Verbündete die Familie ersetzen sollten.

Großmas Netzwerk besteht aus:
- Monika, die ihr seit fünfundzwanzig Jahren im Haushalt hilft, ein- bis zweimal die Woche

- Frau Erb (Tür 20) und Frau Petzl (Tür 16), die einen Schlüssel von ihr hat
- zwei Saunafreundinnen, die regelmäßig anrufen
- ihrer Tochter, die zwei Stunden entfernt wohnt
- mir

Menschen, die Großma bis zum Tod versorgt hat:
- die eigene Großmutter
- den ersten Mann
- die Schwiegermutter
- die Mutter
- den zweiten Mann (*am meisten in der Endphase, hab ich mich um den Horst gekümmert*)

Das Telefon läutet. Sie ist hingefallen, hat gedacht, sie könnte sich noch am Schirmständer abfangen und hat sich daran verletzt. Sie ist nicht mehr hochgekommen, hat mit einer Krücke die Tür aufgemacht und um Hilfe geschrien. Die Ärztin ist auf dem Weg zu ihr, ich soll erst morgen kommen. Ich telefoniere mit meiner Mutter. Wir beschließen nicht zum ersten Mal, dass wir uns unbedingt um ein Notfallarmband kümmern müssen.

kannst du das Bett überziehen?
die Pflaster halten nicht, alles ist voller Blut
zum Glück hab ich das Schloss nicht vorgehabt, sonst würd ich noch immer dort liegen
„Wenn ich dich am Abend nicht erreicht hätte, wäre ich gekommen."
Ich gehe auf ihre Tischseite, umarme sie, ihr Körper zittert. Wir drücken unsere Wangen aneinander.

Wir besprechen, dass sie das Handy am Körper trägt, bis wir ein Notfallarmband haben.

Sie hat eine Idee, schickt mich zum Schrank im Vorzimmer, um ein kleines Stoffsackerl zu holen. Es ist genauso groß, dass sie damit ihr Handy transportieren kann, sie hängt es an die Krücke.

Später am Telefon:
seit dem Sturz bin ich unsicher
das ist im Körper drinnen
die Angst zu fallen
ich kann mich nicht sicher bewegen

Ich frage: „Soll ich kommen und dir beim Duschen helfen?"
ich will dich nicht belasten, nicht dass dir das zu viel wird

Auf dem Weg von der S-Bahn werde ich nervös. Ich rufe meine Schwiegermutter an, die Krankenpflegerin ist.
„Mach alles rutschfest."
„Stell einen Hocker in die Dusche."
„Gib ihr die Brause auch mal in die Hand, damit sie sich selbst waschen kann."

The Care Collective schlägt vor, dass das Erlernen der Fähigkeit, sich um jemanden zu kümmern, Teil jeder Ausbildung, egal welcher Branche, sein sollte. Ich wünschte, das wäre bereits Realität, dann wäre ich besser vorbereitet auf diese Situation.

Ich sperre die Tür auf. Mir fällt zum ersten Mal bewusst auf, dass es nie still bei ihr ist. Es ist immer etwas zu hören, das Radio, der plärrende Fernseher oder eine Oper, abgespielt von einer Kassette. Beim Reinkommen drehe ich, wie jedes Mal, mit einem Handgriff die Lautstärke herunter, erst dann können wir uns begrüßen. Sie ist gut gelaunt, das erkenne ich an ihrer Stimme. Sie trägt ein hellrosafarbenes

Nachthemd und einen Haarreifen. *setz dich erst mal kurz zu mir hin* Der Tisch zwischen uns ist gefüllt mit Medikamenten, Salben, Verbandszeug. Vor ihr ein dickes Sudoku-Buch. Sie deutet darauf. *ich bin auf der schweren Welle*

ich weiß nicht, ob ich es in die Wanne schaffe, sonst müssen wir im Sitzen waschen

Sie lehnt sich übers Waschbecken.
ich schaffe das nicht
nein
aua
Sie weint.
Rückzug

Sie stützt sich auf den Rollator, schleppt sich zurück ins Wohnzimmer, erreicht ihren Platz.
im Sitzen lassen sie zum Glück gleich nach

Kübel mit Wasser füllen, Seife und Waschlappen aus dem Bad, einzeln verpackte Tupfer aus dem Schlafzimmer

Sie zieht das Nachthemd aus.

willst du Handschuhe?
Ich schüttle den Kopf.

Sie sitzt nackt vor mir. Nur ein Pflaster am Herzen.
Der Kübel mit dem warmen Wasser steht auf dem Rollator.
Sie stellt sich auf, stützt sich an der Tischkante ab.

erst mal verbinden wir die Wunde hinten neu
Ich sehe das Pflaster auf dem Oberschenkel, nah dem Hintern. Ich ziehe an der einen Ecke, es klebt fest, ich reiße

zögerlich etwas fester.
wenn du es schnell machst, tut es weniger weh
Ich ziehe fest. Die Wunde sieht aus wie ein kleiner Mund. Sie reicht mir nacheinander Salbe, Tupfer und Pflaster.

Mit einem Seufzer lässt sie sich erleichtert auf dem Sessel nieder. Ich nehme den Waschlappen, sie dreht mir den Rücken zu, ich beginne mit dem nassen Lappen zu streichen.
du bist ja sanft, du streichelst mich ja wie ein Liebhaber. Spar dir deine Zärtlichkeit lieber auf
„Ich habe genug Zärtlichkeit."
gut
„Aber sag mir gerne, wenn du etwas anders willst. Ich habe noch nie jemanden gewaschen."
Ich drücke den Lappen im Eimer aus, nehme ein wenig Seife. Sie dreht sich um.
die Arme
Ich nehme den Arm, hebe ihn an. Dann den anderen. Danach den Hals, die Brüste, sie hebt die Brüste hoch, ich wasche den Bauch. Ich bin mir unsicher mit den Falten, schiebe vorsichtig mit dem Waschlappen. Sie kommt mir zu Hilfe und zieht sie auseinander.

jetzt trockenreiben
„Wollen wir noch unten waschen?"
mach ich dann
„Wie du willst, ich habe aber kein Problem."
trocknen und dann das Wesentliche, Creme

Ich nehme das Handtuch, beginne sie trockenzurubbeln.
oh, das ist gemütlich

Ich hole die Creme aus dem Schlafzimmer. Sie dreht mir den Rücken zu, ich creme zuerst den Rücken, streiche, mas-

siere ein wenig den Nacken, die Schultern.
das ist sehr angenehm
Ich streiche die Arme entlang. Versichere mich, dass die blauen Flecken bei der Berührung nicht wehtun. Ich frage, ob sie noch wo eingecremt werden will.

lass mir das Wasser da und geh inzwischen einkaufen
– Bier
– Kartoffeln
– Hustenzuckerl
– Joghurt
und nimm bitte gleich die Einlagen mit hinunter

Als ich mit den Einkäufen zurückkomme, hat sie wieder das Nachthemd an.
das hat jetzt richtig gutgetan, danke
Ich frage, wann wir das nächste Mal waschen sollen. *am Donnerstag, morgen ist deine Mutter da, aber ich mach das lieber mit dir* Ich fühle mich stolz, auserwählt, und schäme mich dafür. *außer es belastet dich*
Die Beziehung der beiden ist kompliziert. Sie telefonieren mittlerweile fast täglich. Seit es Großma schlechter geht, versucht meine Mutter sie mindestens alle zwei Wochen zu besuchen. Ich sage gemeinsame Besuche meist ab, unter dem Vorwand, dass sie von uns allein mehr hat, wir unsere Besuche lieber aufteilen sollen. Sie kritisieren viel aneinander herum. Großma findet ihre Tochter zu penibel, meine Mutter findet, ihre Ma ernährt sich zu ungesund.
„Ich helfe dir gerne, es belastet mich nicht."
Sie nickt.

wann wirst du morgen anrufen?
lass es uns eingrenzen, festlegen –
damit ich dich nicht verpasse

Sarah Benton schreibt über die Erfahrungen mit einer chronischen Krankheit unter dem Aspekt der Verlässlichkeit. Die von der Pflege abhängige Person muss sich darauf verlassen können, dass das Angekündigte auch eingehalten wird. Mir wird beim Lesen bewusst, wie wichtig präzise Angaben für das Leben mit Abhängigkeiten sind.

Ich berichte meiner Schwiegermutter am Telefon: „Sie hat es nicht ins Bad geschafft. Wir haben im Sitzen im Wohnzimmer gewaschen. Ihr Körper war viel übersichtlicher, als ich gedacht habe."
Dann rufe ich meine Mutter an, berichte ihr.
„Danke, dass du das gemacht hast." Sie bedankt sich im Laufe unseres Telefonats immer wieder. Ich merke, wie verantwortlich sie sich fühlt.

wie sieht dein Tag heute aus?
„Ich sitze am Schreibtisch."
was arbeitest du?
„An unserem Text."
und was gibt es da Neues?
„Ich habe gerade das Waschen aufgeschrieben."
ja, das war herrlich

Der Geruch der Wohnung verändert sich. Ich sage es indirekt: „Hier ist wenig Luft, ich mach mal die Fenster auf."

Sie ist im Krankenhaus. Ich sitze am Bett und halte ihre Hand. Meine Mutter liegt im Bett daneben. Ich sage: „Ich liebe dich." Großma sagt zu meiner Mutter: „Jetzt muss ich dich allein lassen. Kann nichts mehr für dich tun, wenn du noch etwas für mich tun willst, dann schreib ein Buch." Meine Mutter freut sich darüber. Großmas Pupillen drehen nach oben, sie zittern kurz. Ich schaue auf den Mund, atmet

sie aus? Meine Mutter sagt: „Sie stirbt, ohne alles geplant zu haben." Ich sage, fühle mich stolz dabei, welcher Friedhof und dass sie alles geplant hat, auch die Musik ist schon ausgesucht, es ist alles notiert. Ich frage mich im gleichen Moment, wo es notiert ist. Ich weiß, ich darf das nicht vergessen, muss die Bewegung der Augen formulieren, frage mich, ob es Pupille oder Iris heißen muss. Ich wiederhole die Bilder, die Sätze. Ich sage mir immer wieder: Ich muss das aufschreiben, darf das nicht vergessen.
Ich werde wacher und greife sofort zu meinem Handy. Beginne in eine E-Mail-Vorlage zu tippen mit dem Titel „traum großma stirbt".
Ich döse noch ein bisschen und frage mich beim zweiten Aufwachen, ob sie heute Nacht gestorben ist. Ich öffne WhatsApp, sie war vor einigen Minuten online. Ich trage den Traum bis zu unserem nächsten Treffen mit mir herum.

Auf meiner Seite des Tisches liegen zwei Paprika, eine Gurke und vier Tomaten. *deine Mutter war da und hat den ganzen Kühlschrank vollgemacht. Ich komm mir schon vor wie eine Kuh vor lauter Grünfutter*

Ich bin nervös und vergesse aufzunehmen. Ich weiß nicht mehr, wie ich sie nach ihren Wünschen gefragt habe. Nur dass sie nicht verbrannt werden will, das wusste ich schon, damit habe ich angefangen. Nach dem Gespräch schreibe ich nur wenige Sätze auf.

was würdest du empfehlen?
„Musik und Blumen?"
von den Blumen hab ich dann ja nichts mehr, da können wir das Geld auch spenden, ich fände es schön, wenn du etwas sagst

natürlich wirst du mein Begräbnis planen
Ich bitte sie um eine Liste, wer anzurufen ist.

Die Waschmaschine piepst. Ich frage, ob ich die Wäsche aufhängen soll. Sie will es selbst machen. Sie legt die nasse Wäsche in den Korb vom Rollator, schiebt sie ins Schlafzimmer, wo der Wäscheständer vor der Balkontüre steht, zieht einen Sessel heran, lässt sich mit einer lauten Ausatmung darauf nieder, nimmt ein Kleidungsstück nach dem anderen, beutelt, zieht es zurecht, hängt es auf.

Wann immer ich etwas in der Wohnung positiv kommentiere, will sie es mir schenken. Ein Suppenschöpfer mit einer kleinen goldenen Verzierung. *das kannst du gleich mitnehmen*
Die Dinge fühlen sich wie frühzeitige Erinnerungsstücke an.

da war jemand da von der Stadt wegen Pflegehilfe und dem hab ich gesagt: ich brauch keine Hilfe, ich hab eine Familie
Ich hole mein Notizbuch heraus und schreibe den Satz auf. Ich weiß nicht, was ich dazu sagen soll.

Der Satz bleibt in meinem Kopf. Ich wiederhole ihn mit verschiedenen Gefühlen. Erzähle ihn einer Freundin mit Stolz. Erzähle ihn einer anderen Freundin mit Entsetzen. Erzähle ihn Marcus mit Überforderung. Erzähle ihn meiner Mutter mit Wut. Erzähle ihn meiner Schwiegermutter mit Angst.

Wie aufgeladen der Ausspruch ist, habe ich sofort gemerkt. Sophie Lewis hilft mir, Worte für meine Gefühle zu finden. Sie schreibt, wenn wir jemanden als Familie bezeichnen, impliziert das, dass wir uns um die Person kümmern werden, es sagt aber auch, dass wir eigentlich keine Wahl haben, da wir diese Metapher benutzen.

Ich hatte eine Wahl. Bis ich anfing über sie zu schreiben, bestand unsere Beziehung aus unregelmäßigen Essenseinladungen. Seit sechs Jahren verfolge ich ihren Alterungsprozess, schreibe mit. Das Schreiben war mein Einverständnis mich zu kümmern, bevor ich ‚ja' sagte.

Vor Kurzem habe ich über die Sterbephasen nach Kübler-Ross gelesen. Fünf Stufen, die ein Mensch vor seinem Tod durchläuft:
– Nicht-Wahrhaben-Wollen
– Zorn
– Verhandeln
– Depressionen
– Akzeptanz
Ich ziehe Parallelen zu den Kapiteln meines Buches:
– sammeln
– üben
– erinnern
– kümmern

Ich überlege, ob die Entwicklung eine ähnliche ist. In meiner Vorstellung setzt „Akzeptanz" eine gewisse Loslösung der Ich-Fixiertheit voraus. Und das „Kümmern" kann erst nach dem „Erinnern" stattfinden. Nur wenn es mir gelingt, von meiner eigenen Geschichte abzusehen, kann ich mich um sie kümmern.

Ich bin unruhig, mache mir Sorgen und habe sie heute viermal angerufen.
1. *wie es mir geht? So wie es die anderen wollen*
2. *brauchst du etwas?*
3. *lieb, dass du anrufst, meine liebe Puppe*
4. *ich hab mich grad hingelegt*

In drei Wochen hat sie Geburtstag. Sie hat in den vergangenen Wochen öfters erwähnt, dass sie denkt, es werde ihr letzter sein.

Ich stoße auf die letzten Sätze von Kafka, der aufgrund einer Krankheit am Ende nur noch schriftlich kommunizieren konnte. In einigen dieser „Gesprächsblätter" beschreibt er, wie er sich um die ihn umgebenden Pflanzen kümmert:
„Besonders möchte ich mich der Pfingstrosen annehmen, weil sie so gebrechlich sind."
„Haben Sie einen Augenblick Zeit? Dann bespritzen Sie bitte die Pfingstrosen ein wenig."
„Und Flieder in die Sonne."
„Bitte schauen Sie nach, ob die Pfingstrosen den Vasengrund nicht berühren. Darum muß man sie in Schalen halten."
„Wie wunderbar das ist, nicht? der Flieder – sterbend trinkt er, sauft er noch."

Hélène Cixous schreibt in „Everything Ends with Flowers", dass es kein Zufall sei, dass Kafkas letzte Gedanken den Blumen galten, denn sie zeigen uns, wohin wir gehen, sind wie Wegweiser.
Ich recherchiere, was die langlebigsten Schnittblumen sind, und lese von einer Blume mit dem Namen Protea, die der Familie der Silberbaumgewächse angehört. Sie wird beschrieben als „echter Hingucker, die nicht viel Schnickschnack rundherum braucht". Ihre Lebenszeit als Schnittblume sind drei Wochen.

Frau Erb hat mir die Medikamente aus der Apotheke mitgenommen, aber sie hat was liegen gelassen. Die ist auch nicht mehr zu gebrauchen. Für heute hab ich das Präparat noch, aber für morgen brauch ich das

Sie fragt mich nicht, schildert mir die Situation so lange, bis ich es anbiete.
bitte nimm deinen Schlüssel mit, bis zur Tür schaff ich es gerade nicht:
– Apotheke
– Suppengemüse
– Knorr Suppenwürfel
– Buttermilch

Sie sitzt auf ihrem Platz, vor ihr liegt ein Schneidebrett, ein kleines Messer, ein Sparschäler, eine Schüssel mit Gemüse.
ich nehm mir das Gemüse mit zum Tisch, im Sitzen kann ich es putzen, klein schneiden

mit den sieben Stufen beim Eingang plag ich mich
da solltest mich sehen, wie ich mich da beweg

Ich erzähle ihr von der Mutter einer Freundin, die in einer Pflegeeinrichtung bei mir um die Ecke wohnt.
„Wollen wir uns das mal anschauen?"
Sie antwortet nicht, weicht aus.

Auf meiner Seite des Tisches steht eine halbe Packung Pilzrisotto und eine Haarspange. Es sind Geschenke für mich, da sie nicht einkaufen gehen kann, hat sie die Wohnung durchsucht.

Auf dem Heimweg komme ich bei der Blumenhandlung vorbei. Ich gehe hinein und sehe sie gleich. Zu Hause nehme ich meine einzige Vase, fülle sie mit Wasser, suche ein kleines scharfes Messer, schneide den Stiel an, stelle die Protea auf den Beistelltisch mit den geschwungenen Beinen.
Eine geschlossene, längliche, rot schimmernde Blüte, bewacht von grünen, harten Blättern.

Sie hebt nicht ab.
Ich rufe nach einer halben Stunde noch mal an.
Sie hebt nicht ab.
Ich warte, rufe nach einer halben Stunde noch mal an.

Ich rufe bei der Nachbarin (Tür 16) an, die sofort abhebt, heute aber an „Schwindel leidet" und nicht hochschauen kann. Ich fahre zu ihr, klingle, sie antwortet nicht. Ich sperre die Wohnungstür auf, höre den Fernseher. Ich höre sie nicht, gehe ins Wohnzimmer, sie sitzt zusammengesunken in ihrem Sessel. Ihr Brustkorb bewegt sich. Ich merke, dass ich bis eben die Luft angehalten habe. Ich sage laut: „Omi." Greife zur Fernbedienung, die vor ihr auf dem Tisch liegt, schalte leiser. Wiederhole: „Omi."
Sie schreckt hoch. *hab ich mir doch gedacht, dass ich deine Stimme gehört habe*

das tut mir leid, dass du jetzt extra gekommen bist
ich war aber die ganze Zeit zu Hause
willst du was essen?
Ich stehe ihr gegenüber, atme tief aus.
Sie sieht mir meine Überforderung an.
Sagt, *komm her, Schatzilein,* umarmt mich.

Am Tag darauf am Telefon:
ich glaube nicht, aber du kannst einen Termin im Heim machen, zum Anschauen
Ich rufe an, vereinbare einen Termin für die folgende Woche.
Während wir telefonieren, streiche ich über die harten Blätter der Protea. Sie hat sich ein paar Millimeter geöffnet. Ich wechsle das Wasser, schiebe mein Auge ganz nah heran, ich sehe etwas Helles im Inneren.

Ich frage meine Mutter, ob sie mitkommen möchte. „Wenn ihr mich braucht, komme ich." Ich weiß nicht, was ich darauf antworten soll. Sie sagt: „Ich glaube, dass es ihr mit dir leichter fällt." Ein Satz, den ich sonst verwende. Dass es für mich einfacher ist, weil ich nicht die Tochter bin.

Es regnet seit vier Tagen. Ich rufe an, frage, ob wir gemeinsam spazieren gehen wollen.
ja, das wäre lieb, Schatzilein
Ich packe den großen Regenschirm ein und fahre los. Ich google, ob es eine Halterung gibt, um den Regenschirm an dem Rollator zu befestigen.

ich kenn eine, die ist dahin gezogen und die war nicht zufrieden. Vielleicht lassen wir das auch
„Lass es uns zumindest anschauen, um auch zu wissen, wenn es gar nicht infrage kommt."
ok

Wir werden durch eine Beispielwohnung geführt. Großma bleibt länger im Bad, schaut sich interessiert um, die Küchennische kommentiert sie: *kein Herd*
Im Vorzimmer sagt sie zu einer Ecke: *da könnte eine Waschmaschine hin*
Und zum Plastikboden: *gut zum Aufwischen*
Danach gibt es eine halbe Stunde Gespräch mit einer Sozialarbeiterin. Wir sitzen in einem der Aufenthaltsräume, mit uns sind fünfzehn andere Menschen zur Besichtigung da, die meisten haben ein bis zwei Begleitpersonen dabei. Wir sitzen in der vierten von sechs Reihen, ich hole mein Notizbuch heraus. Großma beobachtet mich, lächelt und streichelt meine Hand. *danke, dass du mit mir hier bist*
- „füllen Sie den Antrag erst aus, wenn Sie bereit sind einzuziehen"

– „viele Informationen im Vorhinein, um Ängste zu klären"
Großma rutscht unruhig auf ihrem Sessel hin und her.
– „Bilder, die Angst machen, auf den Tisch legen"
– „Was erwarte ich mir? Was erhoffe ich mir? Was soll in meinem Alltag leichter werden? Was können Sie allein? Wo brauchen Sie Hilfe?"
– „im Dialog mit Angehörigen"
Sie lächelt mich an und streichelt mir über den Kopf.
– „Es ist schwer für Menschen, Hilfe anzunehmen."
Großma stampft leise mit dem Fuß auf.
– „Tempo des Ankommens"
– „Bedarfsorientierte Pflege"
– „gemeinsames Essen als Alltagsstruktur"
– „Kochplatte, wenn Person sie fachgemäß benutzt"
Großma klopft auf die Armlehne von ihrem Sessel, atmet genervt aus.
lass uns gehen

Beim Rausgehen flüstert sie mir laut zu:
also, hör zu, das ist etwas für die letzte Stufe

Wir setzen uns vor dem Haus auf eine Parkbank.
das Badezimmer ist praktisch
das waren viele Informationen, die müssen wir jetzt erst mal verarbeiten
danke, dass du mit mir warst, Schatzilein

Ich rufe meine Schwiegermutter an und erzähle ihr von der Besichtigung. Sie bestätigt, was die Sozialarbeiterin gesagt hat, dass es ein Prozess ist. „Toll, dass ihr schon mal dort wart, das kann sich so schnell ändern."
Meine Mutter ruft mich an, erzählt mir, was Großma ihr über die Besichtigung berichtet hat. Das sie offener war, als sie sich erwartet hatte.

In den nächsten Tag erwähnt Großma am Telefon immer wieder Details, die ihr aufgefallen sind, fragt nach meinen Notizen.
wie viel kostet eine Wäsche? Hast du das notiert?
Wir besprechen ihre finanzielle Situation, die ich bisher nur ungefähr kenne. Sie könnte sich die Pflegeeinrichtung leisten, sie weiß nicht, was eine 24-Stunden-Betreuung kostet, denkt aber, auch das ginge.
Ich kann es mir leisten, mich in dem Ausmaß, in dem ich es momentan tue, um sie zu kümmern. Und wenn ich ausfalle, schafft sie es zurzeit auch noch allein. Der Gedanke, dass ich bald nicht mehr ausfallen darf, macht mir Angst.

Die Protea blüht. Das Innere hellrosa, leuchtend gelb, rosa, rötlich. Ich streiche über die harten Blätter, die sich nach unten abgesenkt haben.

Das Wort „Sorgepflicht". Ich muss an ihren Satz denken:
ich brauch keine Hilfe, ich hab eine Familie

ich musste nur schnell deine liebe Stimme hören
der Vater von ihr ist gestorben
den kenn ich nicht einmal und trotzdem macht es mich traurig

Ich bin auf dem Weg zu ihr, rufe an, ob sie etwas vom Supermarkt braucht.
nein, ich brauch wirklich nichts
dich brauch ich, Schatzilein
Wir sitzen auf unseren Plätzen. Ich habe mir etwas zu Essen mitgebracht.

das wegen dem Bett, das hab ich mir anders überlegt, da will ich kein Krankenbett

die ist zwar gestorben und ist da nur drei Wochen drinnen gelegen
aber nein, ich will ja ein Leben
das ganze Schlafzimmer wäre sonst zerstört
ich werde den Tischler anrufen, der das gebaut hat, damals, und der soll mir so eine Stütze reinbauen, so zum Aufziehen

Ich muss an eine Beschreibung von Anne Boyer denken: „Es gibt kein tragischeres Möbelstück als ein Bett, wie leichthin es stürzt – von dem Ort, an dem wir Liebe machen, zu dem Ort, an dem wir vielleicht sterben. Und von dem Ort, an dem wir schlafen, zu dem Ort, an dem wir irrewerden."

Ich zeige ihr ein Foto von der Protea, die mittlerweile ganz aufgeblüht ist. Sie findet sie beeindruckend, aber *nicht mein Geschmack*

zuerst war die Ärztin da und dann ein Mann von der Pflegestufe, der hat alles begutachtet. Meine Ärztin hat mir gesagt, ich soll sagen, ich habe viel Hilfe von Freundinnen, die aber auch schon alt sind. Ich soll nicht so viel die Familie erwähnen, meine Tochter wohnt zwei Stunden entfernt, das hab ich gesagt

Während ich esse, erzählt sie mir von einer Nachbarin. Ihr Atem wird langsamer. Ich schaue hoch, ihre Augen sind geschlossen, sie ist eingeschlafen.

war ich lange weg?

ich will lieber, ich bin noch nicht bereit wegzugehen
in meinen letzten Tagen
in den letzten Tagen will man keine Veränderung
ich will lieber in meiner Wohnung bleiben

dann hol ich mir wen in die Wohnung, obwohl ich das nicht will
aber im Heim, da geh ich ein, da geh ich zugrund
wenn ich nichts mehr mach

dann bleib ich halt drinnen
und tyrannisiere euch mit einkaufen gehen
ich hab immer noch meinen Balkon, da sehe ich weit, bis zum Schneeberg

Im Kabinett, dem alten Arbeitszimmer ihres zweiten Mannes, das sie hauptsächlich zur Ablage und zum Wäsche aufhängen verwendet, steht seit einigen Jahren eine schwarze, ausklappbare Kunstledercouch. Hauptsächlich, damit meine Mutter dort schlafen kann. Doch ein weiterer Grund, und den wiederholt sie in den letzten Tagen immer wieder: *ich hab doch die Couch drin, wenn wer einziehen muss*

Ich sage: „Wenn du hierbleiben willst, müssen wir das Bad renovieren."
Sie nickt.
Erst beim Aufschreiben merke ich, dass der Satz wie ein Ultimatum klingt. Was für eine Rolle habe ich hier?

Es ist der erste Sommer, den sie nicht im Schrebergarten verbringen kann. Die letzten Jahre hat sie es noch versucht, war noch ein-, zweimal draußen. Die Anfahrt mit dem Auto ist zu lang, die vier Stufen hinauf zu steil. Wir übersiedeln den Gartenstuhl auf den Balkon. Ich schenke ihr eine Erdbeerpflanze in einem orangefarbenen Hängetopf, sie pflegt sie liebevoll, erzählt mir stolz von jeder geernteten Beere.

Meine Schwiegereltern sind zu Besuch. In einem Nebensatz sagt meine Schwiegermutter: „Wenn es bei uns so weit ist, gebt uns wohin." Mein Schwiegervater schaut entsetzt. Marcus streichelt ihm liebevoll über die Schulter: „Keine Angst."

den ganzen Tag nichts und dann ruft deine Mutter immer genau dann an, wenn ich am Topfi bin, und du, wenn ich eingeschlafen bin

Meine Anrufe sind zurzeit später, um fünfzehn Uhr leuchtet mein Handy mit der Erinnerung auf, doch ich rufe meist erst zwischen siebzehn und achtzehn Uhr an. Ich nehme mir vor, wieder früher anzurufen.

Wenn ich zu wenig Zeit für sie habe, findet sie Gründe, warum ich unbedingt kommen muss. Sie hat etwas bei ihrem Handy verstellt, sie hat schwere Einkäufe im Auto, sie braucht ein Medikament und ihr ist zu schwindlig, um rauszugehen. Ich fühle mich gezwungen.
du hast gesagt, du kommst morgen, und kommst du?
Am liebsten würde ich aus Trotz nicht kommen.

Ich rufe meine Mutter an: „Sie spielt schon wieder Spielchen. Ich weiß, sie ist einsam, kann es nicht anders sagen. Aber so will ich nicht." Beim Aussprechen fällt mir auf, in welchem Machtgefälle wir sind.

Ich bin auf dem Weg zu einem Termin, bin spät dran und rufe sie trotzdem an. Sie hat Redebedarf, ich würge sie ab, frage mich, ob ich besser nicht angerufen hätte.

meine linke Hand schieße ich auf den Mond
wie ich wo ankomme, ist alles voller Blut
die Wunde schließt sich nicht

Ich bin unaufmerksam beim Telefonieren. Frage zweimal, wie es ihr geht.

ich hab zwei Kilo Wasser
ich vertrag das Medikament nicht
das Entwässern geht aufs Herz
da gibt es ein Präparat, aber das muss ich von der Chefärztin bewilligen lassen

Zweite Antwort: *das willst du nicht hören*

Ich nehme die Protea aus der Vase, leere das alte Wasser weg. Ich habe es einige Tage nicht gewechselt. Es riecht modrig, der Stiel fühlt sich glitschig an.
Ich recherchiere Pflegetipps und bleibe bei einem Kommentar hängen, dass die Protea in getrocknetem Zustand eine beliebte Dekoration ist.

Ist es zu spät, sie zu trocknen?

Ich gebe ihr frisches Wasser und schneide ein großes Stück Stiel weg.

Ich stehe in der Tür zum Schlafzimmer. Sie liegt neben dem Bett am Boden, versucht sich hochzuziehen, doch sie hat nicht genügend Kraft. Ich eile auf sie zu. Greife und stehe wieder in der Tür. Sie liegt auf dem Boden, die Augen zusammengezogen, der Mund verzieht sich verbissen, Schweiß läuft ihr die Schläfe, die Wange entlang, ich eile auf sie zu und lande wieder im Türrahmen. Ich laufe zu ihr und wache mit einem geschwollenen Gefühl im Mund auf. Ich befühle die Wangeninnenseiten mit der Zunge, fühle Bissstellen.

Ich will anrufen, es ist aber noch zu früh. Seit einigen Monaten schläft sie länger. Sie ist in der Nacht häufig wach. Ich warte noch, bis es halb neun ist.

„Ich habe heute von dir geträumt."
wie schön, war es lustig?
Ich sage nichts.
was haben wir gemacht?
Mein Mund ist trocken, die Worte sind weg.
bist du wieder eingeschlafen?
„Wir waren Eis essen."
herrlich

Ich sage ihr, dass ich diese Woche jeden Tag arbeite. Ich lüge sie an, ich kann gerade nicht mehr. *pass auf dich auf, Schatzilein. Du arbeitest zu viel. Kann ich dir was Gutes tun?* Ich habe ein schlechtes Gewissen.
Meine andere Großmutter ist schlussendlich in einer Pflegeeinrichtung gestorben. Ich erinnere mich an die Wut, die ich nach jedem Besuch gespürt habe. Wut auf meine Familie, dass sie dort sein musste, dass sie nicht bei einem ihrer Kinder wohnen durfte.
Ich habe nicht verstanden, was es für das eigene Leben bedeutet, die Pflege einer Person zu übernehmen. Mein kurzgedachtes Argument war in etwa so: Sie hat sich immer um alle gekümmert, hat Kinder großgezogen, jetzt muss sich jemand um sie kümmern. Dass ich damit genau der Fiktion von Familie erliege, kann ich erst jetzt erkennen.

Bei Sasha Roseneil und Shelley Budgeon, die zu Zukunftsmodellen abseits der bekannten Familienbilder forschen, lese ich von „Flows of intimacy and care" – aber wie? Die Alternativen, die zu Pflegeeinrichtungen oder 24-Stunden-Betreuung beschrieben werden, würden voraussetzen, dass

sie in einer Gemeinschaft mit Menschen lebt, die sich angehörig machen wollen. Dass wir in einem System leben, in dem Menschen Zeit und Kapazität haben, sich zu kümmern.
Wenn meine Mutter und ich uns nicht kümmern würden?
Ich kann den Gedanken nicht zu Ende denken.

Die letzten beiden Tage hat sie mich angerufen, um mir die Sturmwarnungen, die sie im Radio gehört hat, weiterzugeben.

heute Nacht war mir schwindelig
ich war im Bett, da konnt ich nicht umfallen
ich hab geglaubt mein Zimmer wandert
das war lustig

der Tischler ist schon tot
„Wer?"
der das Bett, ich wollte doch eine Stütze

Ich rufe an.
hallo? Wer ist da?
ich muss eingeschlafen sein. Ich bin – das Radio läuft – wart, ich muss es leiser
hallo, jetzt hör ich dich
ich bin am Tisch eingeschlafen und wusste kurz nicht, wo ich bin, jetzt dachte ich kurz, ich bin woanders und meine Mutter ist am Telefon

Ich komme in die Wohnung, es ist stickig. „Draußen hat es gerade geregnet, warum hast du die Fenster zu?"
deine Mutter hat gesagt, ich soll sie untertags zulassen
„Aber doch nicht, wenn es draußen kühler ist als drinnen."
ich hab nur gemacht, was man mir gesagt hat

Das ist neu. Ich frage mich, ob sie die schlechte Luft einfach nicht bemerkt hat oder das Öffnen der Fenster zu anstrengend geworden ist. Ich versuche nicht zu viel hineinzulesen.

Drei Tage noch bis zu ihrem Geburtstag.
„Was wünschst du dir?“
das wir lieb beisammen sind
„Möchtest du Schmuck für deinen Geburtstag raussuchen?“
das geht nicht mit den Fingern
„Ich kann dir beim Anlegen helfen.“

Ich stelle die beiden Schmuckboxen auf den Tisch zwischen uns. Wir schieben die Medikamente zur Seite und beginnen immer mehr Schmuckstücke auszubreiten. Sie erzählt Geschichten, wann sie welchen Schmuck getragen hat. Sie will mir etwas schenken.
willst du etwas Wertvolles oder etwas zur Erinnerung an mich?
Sie hält zwei Ketten hoch, an der einen hängt ein grüner Stein und an der anderen eine kleine, goldene Eule mit blauen Augen.
gute Wahl, meine kleine Eule

Sie hat ein neues, stärkeres Schmerzmittel. Am Nachmittag fällt ihr das Sprechen schwer, der Wirkstoff verlangsamt die Gedanken, entzieht dem Mund die Kontrolle. Die Wörter kommen undeutlich heraus, sie lallt. Ich kann die Sätze nicht aufschreiben, wie sie sie spricht. Beim Hören werden sie zurechtgezogen, werden zu verständlichen Wörtern.

ich hab versucht wach zu bleiben, es war so eine schöne Opernübertragung im Fernsehen, Rigoletto, kennst du die?

Schon vor einigen Wochen habe ich eine Körpercreme mit Meeresduft als Geschenk gekauft. Beim Einpacken bin ich nicht mehr sicher, ob das eine gute Idee war. Ihr Wunsch, noch einmal im Meer zu schwimmen, wird sich nicht mehr erfüllen. Ich wollte den Duft zu ihr bringen.
Ich fahre zu dem überteuerten Bäcker und kaufe die besten Krapfen, die ich in Wien kenne. Beim Blumenstand kaufe ich einen Bund langstielige, rote Rosen und mache mich auf den Weg zu ihr.

Auf dem Nachhauseweg schreibe ich einen Satz auf: *hör auf, bring mich nicht zum Lachen. Ich hab doch keine Luft*

Sie schickt mir ein Foto von den Rosen, schreibt „DANKE für das liebe Treffen. Ich rieche nach MEER".
Eine Stunde später ein Anruf, um über das Befinden der Rosen zu berichten.
sie öffnen sich, sind im Aufgehen

Die Protea schimmelt.

ich bin sieben Zentimeter geschrumpft
ich muss einige Sachen in der Wohnung anpassen

Wir machen eine Liste:
- Garderobe niedriger hängen
- Kasten umräumen
- Haken im Badezimmer
- Fächer Tiefkühlschrank umschichten

Das Verschwinden der anderen Großmutter hat sich äußerlich gezeigt. Sie wurde immer weniger. Ihre Sprache ist bis zum Ende geblieben.

Ich habe während ihrer letzten Monate nicht in Wien gewohnt, konnte mich nur am Telefon um sie kümmern. Ich erinnere mich nicht an ihre Stimme, nicht an die Sätze, wie sie Dinge formuliert hat. Ich erinnere mich nur an die Bewegungen ihres Mundes. Einige Monate lang hörte ich mir immer wieder eine Tonaufnahme von Friederike Mayröcker an, die ihr Gedicht „was brauchst du" liest. Die Art, die Betonung – ich glaubte mich an die Stimme meiner Großmutter zu erinnern. Als ich es meinem Vater vorspielte, konnte er keine Ähnlichkeit erkennen.

ich hab schon angefangen zu entwässern, das sind die anstrengenden Stunden

die Finger, wie ich wo ankomme, beginnt es wieder zu bluten
ich bin nur noch am Verbinden
hier schaut es aus wie auf der Krankenstation
mir ist nicht schwindlig, aber mein Körper schwankt, das ist kein Kreislaufding

das Thema lassen wir, wir reden nicht über die Krankheit
sonst müsste ich sagen beschissen
meine Großmutter, die hat so viel gejammert
ich bin schon genauso
ich komm mir selber schon vor wie die alte Grantlerin
das wird ja nicht besser, wenn ich missmutig bin

Ich rufe an, sie weint.
die Ärztin war heute da
ich hab ihr alles geschildert und sie hat gesagt
was ich denn will, ich bin schon alt
ich will nicht mehr darüber sprechen

deine Stimme zu hören hat gutgetan

dann lass ich dich mal wieder
will dich nicht weiter zerquatschen
genug, wir hören uns morgen wieder

Ich hänge an ihren Wörtern. Die Angst, dass sie aufhört zu sprechen, pocht in meinen Gedanken.
Sie merkt, dass ich nicht anwesend bin.
ist alles ok, Puppe, du bist so still?
„Ich höre dir zu."
danke fürs Zuhören

Ich beginne Texte zu sammeln, die ich ihr vorlesen könnte.

kannst du einkaufen kommen?
– Apotheke: Wundsalbe, Pflaster
– Joghurt

Wir sitzen uns gegenüber. Sie hält mir ihre verbundenen Finger entgegen. Sie ist den ganzen Tag damit beschäftigt, ihren Körper in Ordnung zu halten. Ich stelle meinen Sessel neben ihren. Wir verbinden die Finger neu. *an den Füßen sind auch Stellen, die nicht mehr zugehen* Wir versorgen die Füße.
Ich frage, was sonst noch zu tun ist.
Bett ausbeuteln und dann musst du los, Schatzilein

ich lege meinen Kopf auf ihre Schulter, sie streicht über meinen Rücken
danke, dass du da warst
ich küsse ihre Wange
„wir hören uns später"
ich stelle meinen Sessel zurück und schiebe die Blumenvase so, dass sie ihr gegenübersitzt
gib mir Bescheid, wenn du gut da bist

ihre Augenlider sind abgesenkt, ihr Mund öffnet sich, gähnt
wenn du gehen musst, ich will dich nicht aufhalten
ich knie im Vorzimmer und binde meinen Schuh zu, sie steht auf den Rollator gestützt im Türrahmen und winkt mir
ich rüttle an der Wohnungstür, versichere mich, dass sie verschlossen ist
ich lehne mich über den Rollator, küsse ihren Kopf
„ich liebe dich"
ich streichle ihre Schulter
packe mein Notizbuch ein
mein Kiefer knackst
danke für deine Hilfe
wir drücken unsere Wangen aneinander
ich bringe ihr noch ein Bier
schalte das Licht im Vorzimmer ab
wann sehe ich dich wieder?
ich stecke meinen Kopf zurück ins Wohnzimmer, schaue sie noch mal an
leere den Mülleimer in der Küche, den kleinen Eimer im Klo
sie streicht durch meine Haare
ich bringe die Kassette mit den letzten Worten zurück
baba, Puppe
ziehe die Welle aus dem Teppich im Vorzimmer
ihre Augen wenden sich von mir ab
ich öffne den Verschluss ihrer Kette, nehme ihr den Schmuck ab
schließe die offen stehenden Fenster
schüttle das Kopfkissen
ziehe die Vorhänge
sammle die herabgefallenen Blütenblätter
spüle mein Wasserglas
ziehe die Wellen aus den Teppichen
HA HA HA, das Nachhallen

wir schließen uns zum Abschied in die Arme
ich passe meinen Atemrhythmus an ihren an
ich wickle den Schöpfer mit der kleinen goldenen Verzierung in ein Geschirrtuch und lege ihn ganz hinten in die Besteckladе
später schreibe ich die behaltenen Sätze auf
neuer, letzter Satz: *morgen machen wir neue Messungen*
ich rücke den Medikamentenkorb in Reichweite
ihre Stimme wird leiser, ein Flüstern
ich will sie nicht mit dem Gefühl des Abschieds zurücklassen
sie schaltet das Radio ein
der Geruch der Wohnung hängt in meinem Pullover
der Atemzug, wenn die Tür hinter mir ins Schloss gefallen ist
ich mache ein Foto: sie hat ihren Kopf in meine Hand gelegt, hat die Augen geschlossen, ihre Lippen sind leicht geöffnet, sie atmet aus
das Zurückeilen mit angezogenen Schuhen, um sie noch mal zu küssen
ihr Blick hängt an mir, bis ich das Zimmer verlasse habe
der Gedanke, dass sie da sitzen bleibt, auch in meiner Abwesenheit noch dasitzt
ich liebe dich
ihre Aussprache zerfließt
ich bringe dir dein Seidentuch

DAS LETZTE BILD

Großma schaut mich direkt an. Ihr Blick hat etwas Sanftes, der Mund ist geschlossen, die Lippen liegen entspannt aufeinander. Der oberste Knopf ihres blauen Nachthemds ist geöffnet. Sie sitzt auf der linken Bettseite, neben dem zugezogenen Vorhang der Balkontüre. Seit über zwanzig Jahren hat dort niemand mehr geschlafen.

Danke, eine unvollständige Liste

- meinen großen Müttern
- Christian & Noah
- meinen Eltern & Schwiegereltern
- fürs gemeinsame Schreiben und Zuhören: Anne Korth, Selma Imhof, Anna Kira Koltermann, Mina Hava, Fred Heinemann, Clara Heinrich
- für Inspiration und Begleitung: Ulrike Draesner, Gerhild Steinbuch, Monika Rinck, Anja Utler, Olga Grjasnowa
- Senta Wagner, für die achtsame Unterstützung
- Nadine Hötzendorfer-Fejzuli und Christine Rechberger, für die schöne Zusammenarbeit
- Kathrin, fürs immer wieder Lesen
- Julia, fürs Raum geben und beste Freundin sein

Beistehende Texte

9 Hélène Cixous: Hypertraum. Übersetzt von Esther von der Osten, Wien 2013, S. 172.

13 Jedes Abgehen ein Anfang (Ein Lob des Schlafs). In: Anne Carson: Decreation, Gedichte, Oper, Essays. Übersetzt von Anja Utler, Frankfurt am Main 2014, S. 33–57.

32 Schaum (Essay mit Rhapsodie), Vom Erhabenen bei Longinus und Antonioni. In: Anne Carson: Decreation, Gedichte, Oper, Essays. Übersetzt von Anja Utler, Frankfurt am Main 2014, S. 61.

35 Anne Boyer: Die Unsterblichen, Krankheit, Körper, Kapitalismus. Übersetzt von Daniela Seel, Berlin 2021, S. 123.

39 *an meine Mutter*, 84. In: Friederike Mayröcker: Gesammelte Gedichte. Frankfurt am Main 2004, S. 554.

40 widmungsgedicht. In: Ernst Jandl: Letzte Gedichte. München 2001, S. 100.

40 Martina Hefter: Es könnte auch schön werden. Berlin 2018, S. 33.

44 Samuel Beckett: Drei Romane, Molloy, Malone stirbt, Der Namenlose. Übersetzt von Elmar Tophoven, Frankfurt am Main 2017, S. 557.

58 Beschriebenes Portrait: Hélène Cixous: Aus Montaignes Koffer, im Gespräch mit Peter Engelmann, Passagen Gespräche 7. Übersetzt von Claudia Simma, Wien 2017, S. 12.

59 Beate Lakotta/Walter Schels: Nochmal Leben vor dem Tod, Wenn Menschen sterben. München 2012. (Fotoband)

73 Kate Zambreno: Mutter (Ein Gemurmel). Übersetzt von Dorothee Elmiger, Zürich 2023, S. 17.

95 Michel de Montaigne: Essais. Stuttgart 1969, S. 186.

100 The Care Collective (Andreas Chatzidakis, Jamie Hakim, Jo Littler, Catherine Rottenberg, Lynne Segal): The Care Manifesto, The Politics of Interdependence. London/New York 2020, S. 27.

102 Sophie Lewis: Die Familie abschaffen, Wie wir Care-Arbeit und Verwandtschaft neu erfinden. Übersetzt von Lucy Duggan, Frankfurt am Main 2023.

108 Sarah Benton: Dependence, Dependence and care are part of the human condition. Soundings, Issue 70, Winter 2018.

112 Franz Kafka: Briefe 1902–1924. Frankfurt am Main 1958, S. 485–491.

112 Everything Ends with Flowers. In: Hélène Cixous: Three Steps on the Ladder of Writing. translated by Sarah Cornell and Susan Sellers, New York, Chichester, West Sussex 1993, S. 151–154.

118 Anne Boyer: Die Unsterblichen, Krankheit, Körper, Kapitalismus. Übersetzt von Daniela Seel, Berlin 2021, S. 93.

122 Sasha Roseneil and Shelley Budgeon: Cultures of Intimacy and Care Beyond ‚the Family': Personal Life and Social Change in the Early 21st Century, Current Sociology 52(2) 2004, S. 153

126 Die Tonaufnahme des Gedichts „was brauchst du" von Friederike Mayröcker ist zu hören auf: https://www.lyrikline.org/de/gedichte/was-brauchst-du-60

Quellennachweise

Veröffentlichungshinweise

Teile dieses Buches sind in anderer Form an anderer Stelle bereits erschienen:

Verschiedene Fragmente: Tippgemeinschaft 2020. Leipzig 2019, S. 110ff.
Der Kassettentext: Wortlaut 20. Kontakt. Herausgegeben von Zita Bereuter & Claudia Czesch, Wien 2020, S.59ff.
Übung 5: Jenny Ausgabe 11. Berlin/Boston 2024, S. 110ff.

MIX
Papier | Fördert gute Waldnutzung
FSC® C106954
www.fsc.org

Das bei der Produktion dieses Buches entstandene CO_2 wurde durch die Finanzierung von Klimaschutzprojekten kompensiert.

Druckprodukt mit finanziellem
Klimabeitrag
ClimatePartner.com/17357-2411-1004

1. Auflage: 2025
2. Auflage: 2025

ISBN 978-3-7013-1327-3

www.omvs.at
info@omvs.at

Otto Müller Verlag GmbH
Ernest-Thun-Straße 11
5020 Salzburg
Österreich

Lektorat: Christine Rechberger
Gestaltung: wir sind artisten
Illustrationen: unter Lizenz von Shutterstock.com
Autorinnenfoto: Judith Stehlik
Druck und Bindung: Florjančič tisk

Katharina Feist-Merhaut,
wurde 1990 in Wien geboren. Nach ihrem Abschluss an der Graphischen Wien (Abteilung Fotografie) arbeitete sie einige Jahre in der Werbung mit Stationen in Berlin, Hamburg, Stockholm und New York.
2018 begann sie ihr Studium am Deutschen Literaturinstitut Leipzig und setzte es später an der Sprachkunst in Wien fort. Die letzten sieben Jahre hat sie an ihrem Debüt *sterben üben* geschrieben.

Sie schaut mich an und fragt: »Zahlt sich das noch aus?«